C0-AWK-004

BANGKOK BLUES

Remerciements

Les Éditions du Vermillon remercient
le Conseil des Arts du Canada,
le Conseil des arts de l'Ontario
et la Municipalité régionale d'Ottawa-Carleton
du soutien qu'ils leur apportent
sous forme de subvention globale.

Merci à Simon Henchiri
de sa précieuse collaboration

Données de catalogage avant publication (Canada)

Bouraoui Hédi, 1932-
  Bangkok blues : roman

(Collection Romans; 10)
ISBN 1-895873-08-8

  I. Titre.

PS8553.085B36 1994   C843'.54   C94-900715-3
PQ3919.2.B69B36 1994

ISBN 1-895873-08-8
COPYRIGHT © Les Éditions du Vermillon, 1994
Dépôt légal, septembre 1994
Bibliothèque nationale du Canada

Tous droits réservés. La reproduction de ce livre, en totalité ou en partie,
par quelque procédé que ce soit, tant électronique que mécanique
et en particulier par photocopie et par microfilm,
est interdite sans l'autorisation préalable écrite de l'éditeur.

mgen
(Don)

Collection *Romans*, n° 10

HÉDI BOURAOUI

BANGKOK BLUES

ROMAN

Œuvre reproduite sur la couverture :
Bangkok blues
médias mixtes sur toile de
Micheline Montgomery
1994
18 pouces x 24 pouces

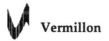 Vermillon

PS
8553
.O86
B35
1994

L'amor che move il sole e l'altre stelle.

Dante

CANTO PREMIER

CE voyage remonte le temps, sifflement d'oiseau où l'imprévu sujet à caution devient rampe de la vie...

Je perds six fuseaux horaires en treize heures de vol. Bangkok se dessine à mon hublot, au-delà de champs de tôles tavelées, nichés dans les rizières où pataugent des silhouettes diaphanes qu'on devine à peine. Je vois des cocotiers, un nuage de brume semblable à une fumée d'incendie. La vie se réveille à la stridence des transports. Les hommes de paille plient dans le vent en liesse pour un monde de nulle part et qui est pourtant dans le calice du chez-soi.

Des humains s'agglutinent à moi et à mes valises comme des abeilles autour d'une ruche. On s'accroche à coups de sourires qui se veulent sonnants et trébuchants, rentables en taxis, car le transport en commun ne semble pas être de cette vie. Je suis obligé d'en prendre un, trois cents bahts. On m'emmène à l'hôtel Royal River, prononcé *Loyal Liver*. Et l'on est dans le foie loyal qui n'a rien du foie gras de ma Garonne, sauf la luxuriance du site et du service, même si, planté à ses propres flancs, un taudis brinquebalant exhibe sans vergogne une pauvreté à pierre fendre, phénomène rarement observé dans ce pays.

Je me remets en question. Suis-je venu insulter les lieux sacrés du différent? Est-ce que je vis l'écho parfait de l'éventail ouvragé de mon esprit? Suis-je l'éternelle image inquiétante de mes réflexes méticuleusement inscrits dans les torsions fragmentées du multiple? Est-ce l'élan d'un radical prolongement de ma tendresse dans les zones nébuleuses du savoir?

Aurais-je oublié la furie outrancière de mon Amérique prospère qui souffle un vent inéluctable de croissance robotique et d'erreurs humanisantes sur le monde entier? MacDonald's, Mr. Donut, Kentucky Fried Chicken, refuges d'une jeunesse désœuvrée où les sons perçants de l'orange mécanique règlent le rythme du manger.

Ici, au pays des baguettes, les cuivres font la fête.

Et les déserts de mon Afrique grignotent les restants d'oasis en mal de survivance, susurrent de piètres appels enrubannés de désastres et que nul n'entend.

Cette terre tierce, maladive de ses dirigeants, marie le défaut du manque et l'exaltation du surcroît.

La prolifération de la végétation tropicale et de la tôle désuète est à la dimension d'une identité brûlante de ses regards ignorés.

Puis surgit dans ma mémoire blessée la voix de Françoise, fulminant contre les rêveurs bénévoles qui voguent en explorateurs de la terre thaï, nouveau pays de cocaïne et de chair après l'abandon honteux des colonies.

Ici, tant de touristes français de troisième ordre se comportent en *Américains*, sillonnent les lieux de pensées avilies.

Que d'errances de vautours pour recréer la face du monde à l'image de leur colère immaculée!

Ces vigies m'emportent à franchir les frontières sans dédouaner les fleuves multicolores qui coulent dans mes veines, ces veines qui m'ont fait carrefour serein dans ma chair et dans mes mots.

Je n'affiche point mes palissades verdoyantes, les détritus de leur calvaire, ni leurs envols de vocables cernant mes édicules de palmes et d'oliviers.

Je goûte l'aventure d'un bain de foule inouï. En dépit de tous les avertissements et de toutes les fustigations proférées. Je tiens à prendre le car bleu, le dix-huit, bondé à se faire craquer les soudures. Des grappes d'hommes pendent aux portes ouvertes, collés les uns aux autres par une poignée de mains. Je suis le seul étranger, avec mon frère siamois qui hésitait à suivre le cours muet de mes dispersions. Le trajet dure une heure un quart, deux bahts, ou zéro franc cinquante, ou douze sous.

Bangkok perd ses points cardinaux, ses points de repères, ses niches de refuges, jusqu'aux noms même des rues débridées. Tant de débandades spatiales ahurissent les sens. Le promeneur solitaire ne peut jamais s'en sortir. Le centre ressemble à une mangue juteuse qui résisterait à toute ouverture, puis le reste s'effiloche en canaux, esplanades, belvédères, ruelles et rivières, fleuves et mer. Un tout mouvant, sans limites. Un dispersement qui garde ses prérogatives. Nul regard ne peut embrasser les faux-fuyants d'une topographie illogique, remontée comme une mécanique de tous les temps. Rien pour séduire, ni attirer vers les quartiers indiqués Siam Square, Silom Road, River City... Ils gardent jalousement leur centre névralgique de villes indépendantes à l'intérieur de cette mégapole défiant toute idée de structure.

Le fleuve, rocambolesque dans l'autorité du béton, des tôles, du bois et des songes, n'est en fait que rite emmêlé de l'insigne.

Dans cette agglomération de six millions d'habitants, plus d'un dixième de la population du pays, les humains sont relégués au énième plan, obligés d'escalader les passerelles en hauteur pour traverser les rues et les artères, de subir des pétarades assourdissantes qui les empêchent d'échanger le moindre propos avec leur voisin le plus proche, de respirer un air si pollué qu'il étoufferait les bœufs les plus robustes, sans compter les bousculades où le corps à corps est de saison.

Est-ce consolation ou acceptation de la fatalité ? Les mendiants sont assis, immobiles, espérant patiemment qu'on leur tende une obole sans jamais vous harceler ni même attirer votre attention.

Une main ouverte guette dans le silence un semblant de vie.

Derrière, l'écœurement jette à la dérobée son appui.

Perdu dans les dédales et la cohue de la ville, je ne sais plus où je suis ni vers où me diriger. Un étudiant, bien vêtu d'un costume de soie grise qui fait envie, vient à mon secours :

— May I help you ?

Mais il ne peut m'indiquer la direction recherchée. Le chauffeur lance la conversation :

— Vous ne pouvez pas faire de shopping dans ce quartier.

— Je ne veux rien acheter, ni rien vendre.

— Avec de l'argent on peut tout acheter, le plaisir, la chair, le sanuk, tout.

Le chauffeur de tuk-tuk s'arrête devant un magasin gardé par un agent de police – c'est le premier et seul agent que je verrai pendant tout mon séjour –, demande ses dix bahts et disparaît dans une mer de fumée.

Dans la rue, parmi les étals de victuailles, des viandes cuisent sur des braseros. Mouches et moustiques poivrent les cuisses de poulets rôtis ou les poulpes séchés. Des odeurs d'épices, de cumin, de gingembre, flottent, et aussi des odeurs fétides, d'égouts mal écoulés. Tout est exposé, oranges, bananes, noix de coco taillées en pyramides, poissons éventrés aux tripes graisseuses, bouillies qui dégoulinent, et tant d'objets en plastique, de l'espadrille au peigne, des lunettes aux cartouches de tabac. Je ne perçois aucune agressivité, mais plutôt une aisance dans les rapports humains. Personne n'est étonné de nous voir, nous, farangs, étrangers. Mon amie martiniquaise, à Paris, était, elle, auscultée sous toutes les coutures parce qu'elle était noire, et cela l'avait choquée, répugnée. Et mon amie vietnamienne me dit que les enfants en Tunisie voulaient la toucher et voir comment elle était faite parce qu'elle était différente, quoique bronzée comme la plupart des gens du pays.

Différents de peau, n'est-ce pas le même sang?

L'enveloppe n'est-elle pas un langage décadent qui monopolise encore les foules autour du totem de l'identité?

Relais éventé par l'usure prospère sous le signe de l'erreur, pigments qui propagent encore le délice de l'être investi.

Dans la crypte de la Madeleine, un poète a proclamé avec insistance qu'il faut s'anéantir pour rencontrer l'autre, différent.

Non, pas se soustraire, s'additionner en restant soi-même, pour être sans cesse changé, modulé. Mon destin ternaire, africain, européen, américain s'imbrique à merveille dans cette Asie extrême-orientale, carrefour de tant de connaissances séculaires dans leur dispersion.

Bangkok n'est pas une escale dans mon voyage intérieur, ni un jalon de mes errances. Des touches de lotus, de nénuphars, d'orchidées et de jasmin me sacrent nouvel oracle d'un arc-en-ciel à jamais changeant ses couleurs kaléidoscopiques.

Je suis en train de faire mon inter-essai, non pour excaver de l'intérieur une confession du genre nouveau roman, mais pour saisir l'étrangeté inconnue par laquelle nous sommes tous des êtres étrangers condamnés à l'étrangeté absolue, foyers de savoir et de possession jalouse.

«Il n'y a pas de blessure secrète de l'étranger, m'affirmait un jour magnifiquement une Bulgare en terre française, sinon une blessure qui propulse vers un ailleurs toujours repoussé, inassouvi, inaccessible.»

Cette poussée n'est rien d'autre que le soleil creusant sa tombe dans nos cœurs insatiables et créant en chacun de nous, et à notre insu, ce désir virulent et vertigineux de quitter notre peau, non pour l'inverser ou la masquer, mais pour lui insuffler d'autres tonalités. Cette soif de paradoxes pluriels nous donne la force de nous mouvoir sur cette terre qui ne sera jamais possédée.

Cette terre appartient à Bouddha. C'est pourquoi, chaque matin, ma collègue murmure une supplique révérencielle devant le temple miniature, bâti à l'entrée de son campus, pour rendre à Bouddha ce qui appartient à Bouddha.

L'élan, la mobilité, le désir de voyager à la rencontre de l'étranger ne sont en aucun cas un déracinement.

Aux différences des visages du monde, je mesure mes contradictions voyantes. Elles s'interrogent pour m'enraciner.

Mon hétérogénéité reconnue dans son étrangeté complexe, insaisissable, me donne l'apparence d'un spectre que tout un chacun veut épingler pour identification aux frontières de nos nations. Pourtant je suis, ici en Thaïlande, chez moi. Je vogue à l'aise. J'enlève mes chaussures à l'entrée des temples, comme à la mosquée, ou comme j'ôte mon chapeau à l'église. Je me suis agenouillé devant les bouddhas colossaux et dorés. J'ai fait brûler des cierges d'encens, collé des paillettes d'or sur leurs visages déjà surchargés de collages, tenté de deviner mon avenir, comme tout le monde.

Percuter les résonances de ces univers merveilleux qui se jouent en nous, se jouent de nous en faisant sonner leurs pas sur les rives futures d'un fleuve inconnu!

Que dire de cette ville aux anges?

Bangkok refuse de se faire embrasser du regard ou maîtriser de l'esprit. Et Koï, cette inconnue, m'a pris par son sourire comme l'orage qui abreuve ma nuit.

Elle émerge, femme seule, anonyme d'abord, infusée de cumin et d'or, gazelle apeurée.

D'une foule assourdissante et d'une perversité excessive, clamant son ivresse de chair à tous les coins de rue, Koï me tend une main dépouillée et vierge pour me guider dans cette cité infernale de la surenchère charnelle.

Avec grâce, elle maintient son mutisme, qui sera sa propre version des choses, et elle sourit...

Ses dents irrégulières, mais d'une blancheur immaculée, mettent à vif sa candeur et sa pure sensualité.

Koï est un songe, silence de lune qui émerveille les étoiles.

Koï, je t'ai rencontrée comme un rêve à multiples visages, surgi du fond de mon inconscient.

Koï, tu joues, jet d'eau de fraîcheur et d'allégresse dans mon désert aride.

Koï, tu es l'événement qui élargit l'horizon de mes rives.

Koï, tu es l'innocence du chant maternel qui nous emporte tous sur l'aile du vent.

Que d'incandescences sur tes sillages du bout du monde où je perds ma narration comme un voilier au large des côtes de la Méditerranée.

Toi l'adulte au tournant de la trentaine, qui n'as pas encore versé le sang des couches nocturnes.

Tu m'offres cet Être Autre dédouané de l'exotisme et de l'exil.

Ta plongée dans ma vie d'errance me fait vibrer de nouveau aux grincements étranges de tes vocables qui gardent pour moi des traits musicaux d'un ailleurs proche.

Comment puis-je trouver les mots pour te décrire, toi, femme-cité, ta géographie mentale, ton corps infini dans sa beauté, tous les chemins que tu me fais inventer sous tes chemisiers austères, ta jupe noire et le sourire que tu portes comme un bracelet?

Tes cheveux courts noir ébène, naturellement lustrés, amour de mon Afrique, au *black label* de ma pérennité.

Et cette douceur angevine dans la symphonie contenue de tes gestes quotidiens.

Ton agressivité lorsque tu marchandes avec un conducteur de tuk-tuk. Vestige flamboyant de mon monde nord-américain.

CANTO II

BANGKOK! On se sent coquille vide, bleutée, rejetée par le flux du crépuscule sur les paillettes dorées de la mer. L'aube allume les esprits, scintillement frêle que le soleil étouffera de son éclat.

Des lumières inconnues raniment des ruines qui exhibent fièrement leur histoire, couronnées de touffes d'herbes folles en dépit du vent persistant.

La mémoire s'ancre dans l'oubli.

Aveugles sont les paroles qui préfigurent les futurs retours.

Un couple tient un bouquet de lotus, tous fermés. Figues vertes, poires, ou seins à caresser?

Mille rangées d'amulettes en terre cuite attendent votre argent pour vous offrir secours, santé ou protection. Leur pouvoir varie selon les bourses. Tout est dans l'immensément doré.

Les bouddhas en or sont magnifiquement casqués. Ils contemplent d'un sourire serein l'éternité immuable où ne changent en rien ni la vie, ni la mort, ni l'entre-deux.

Sur le trône, Sa Majesté le Roi, en lunettes, paré, préside aux investitures et aux fastes d'une vie que les Thaïs admirent de loin, sans poser de questions.

Je ne prépare pas un voyage exotique pour me dépayser! Je porte en moi cette bonne dose d'inconnu qui cherche à percer un autre inconnu. Je suis en terrain familier. Ce voyage en Asie m'offre mon premier contact avec cette région de la terre qui a hanté mes rêves. Cette partie du monde dort en moi, va se réveiller, essayer de repérer dans un perpétuel questionnement d'accidents verbaux ces inconnues qui articulent une parole dans l'espace des surprises insolites.

Si je vais à la source de mon Orient, c'est pour creuser en profondeur les remous majeurs de mes temps forts, repérer les dilemmes qui m'ont fait vivre, accueillir les senteurs exaltantes qui accompagnent mes printemps douteux... Être homme libre, au sens thaï, à l'écoute intérieure de la douceur de vivre, du sanuk.

Or, ma danse vitale veut transmettre ce qui résiste aux mots.

Et ma conduite sème des malentendus dont les péchés peuvent être mortels.

Comment puis-je narrer ma Thaïlande avec mes mots d'Occident?

Une connaissance à l'infinitif pour pouvoir conjuguer aux temps grammaticaux d'une langue inconnue.

Déjà dans l'avion 747 de la Thaï 933, en partance de Roissy, avec arrêt prévu d'une heure à Rome puis vol direct à destination de Bangkok, les couleurs et les sons font plus que se répondre; ils infusent tout mon être placé comme par miracle dans ce carrefour de civilisations où l'Asiatique refuse de céder le pas au Gaulois! Mélange de chocs internes qui crée l'incertitude. Tout est relatif dans ces franges dépliées de l'inconnu.

Le mauve et le violet dominent dans l'avion et cela rassure les passagers, bercés aussi par une musique qui n'empiète pas trop sur la discussion.

On me ressasse les clichés des plaisirs de la chair sous toutes leurs formes. Le massage japonais est le summum du sensuel. La masseuse, toute nue, fraie des pays de clarté aux zones érogènes du corps. Le ballet de son sexe dessine des chrysanthèmes sur votre peau en vous léchant de son clitoris. Le moindre pétale vous fait sentir que vous êtes mortel à chaque caresse dévorante.

Mais, attention! La qualité du massage est fonction du prix. Tout se marchande pour régler le jeu de la chair, ses performances, les jubilations et les bouleversements qui font tanguer les puritains haletant dans leur tête et leur péché.

Je ne tente pas d'élucider l'émotionnel, le rationnel ou l'ineffable, cet enchevêtrement symbolique, sa vision ardente que la raison ne connaît pas.

Mon univers combat cette infamie. Son chant d'amour ou son cri de révolte cadre bien avec l'absolu d'aujourd'hui.

La Thaïlande, carrefour d'orchidées au sourire bouddhique, vit en paradoxes, entre la frénésie de la circulation, le calme de la méditation, l'hystérie bouillonnant sans exploser, et l'intériorité de l'être fataliste qui se soumet.

C'est le pays de tous les extrêmes, là où s'étire ce continent.

Je suis fasciné par la poussée vitale au débordement potentiel, où se juxtaposent en face de nous l'Asie traditionnelle des temples, pagodes, palais ou logis flottants de la misère, et les gratte-ciel arrogants qui attirent comme un aimant tous les publics. Passage du raffinement à la trivialité, de la richesse à la pauvreté, ou vice-versa.

Je tourne la page d'un lambeau de temps qui a gravé ma vie de mots miroitants. Ils m'ont servi d'alibi pour accoucher le verbe de ma quête passionnée.

Puis vient ce temps du regard qui remplit l'âme d'une senteur inédite.

CANTO III

Dans ma chambre d'hôtel à deux lits, l'un reste vide et l'autre est soigneusement ouvert à moitié. Sur l'oreiller, deux orchidées trônent, deux baisers de velours mauve ponctuent lourdement l'absence. Et je m'endors, dans cette chambre climatisée où flotte un parfum de jasmin et d'égout. Bangkok, femme-cité à la chevelure folle, répand son aura sur mon sommeil allongé.

Les nuits suivantes, on ne mettra qu'une seule orchidée sur l'oreiller du célibataire qui refuse de jouer le jeu de la chair à n'importe quel prix.

Cette légère étrangeté sème dans l'écorce l'alliance tumultueuse, couleur d'érable et vert argenté de mon olivier.

Aucun souci de s'inscrire dans la loi de l'ensemble.

Et voilà, Koï, rencontrée par hasard dans un bus, le soixante-dix-sept. Elle accepte de me montrer, à moi l'étranger, le chemin de Silom. Elle compte s'y arrêter. D'abord, elle me fait changer de bus.

Nous prenons le soixante et onze, et elle paie de ses deniers le long trajet pendant lequel son corps de femme se détourne vers un mutisme de plénitude qui fait sa beauté.

Et nous voilà, mon frère siamois et moi, plongés dans sa vie qu'elle ne raconte pas d'un trait, mais lâche par bribes. Les mots anglais lui font défaut et, comme de plus nous sommes francophones, nous avons d'abord cru qu'elle travaillait dans notre hôtel Royal River. Puis non!

Elle s'embourbe dans ses mots escamotés, hésite et éclate en phrases incompréhensibles. Elle avance comme un crabe accablé d'une carapace de colère ne pouvant exploser qu'en absurdes frustrations.

Tu continues de sourire, me faisant traverser les passerelles qui isolent, sur la hauteur, de l'enfer assourdissant du tintamarre des rues. Tu m'aides à contourner les étals, fendant la foule comme une étrave, et tu me tires par la main quand j'hésite à creuser ma vie dans le puits de tes rêves laqués, feuilles d'automne qu'aucun vent ne veut emporter.

La foule poursuit son rêve de néant sans fin qui rétrécit l'horizon par illusion de la vie.

Et moi, j'avance de mes bras d'érable, de lys et de tamaris pour t'enlacer, aurore. Des brindilles de lueurs obsédantes me perçant le corps.

Libérée, dénouée, tu te désancres de la mort et on t'a nommée Koï, petit doigt, la cinquième née dans ta famille, et vous êtes dix enfants.

Et tu me dis un jour :

— Je suis le petit doigt, je serai toujours avec toi.

Tu acceptes de bonne grâce de dîner à la table du forgeron des mots. Celui qui inscrit la pause entre deux coups de marteau, ou de phrases. Tu choisis le menu : poisson aigre-doux, crevettes aux noix de cajou, poulet grillé au feu de bois, tout cela dans des sauces différentes, mais toutes huileuses et piquantes.

Tu annonces que tu es secrétaire des délices et des malheurs de ceux qui construisent la ville en ingénieurs scientifiques de la renommée béton.

Et j'essaie de t'expliquer que je suis le migrateur, écrivain toujours à la dérive d'un livre et que, dans l'abîme de mes failles, je tente d'inscrire la limaille sauvage de demain.

Tu souris, mais tu ne comprends pas.

Tu ris, satisfaite du plaisir de ma poétique limoneuse. D'ailleurs, le mot *poème* ne te dit rien.

Dans cette langue étrangère que nous partageons, que je maîtrise en seconde instance et que tu disloques dans les dérivés d'une usure novice et hypothétique, je crois comprendre que tu es mariée. Mais je ne vois pas l'anneau du sacrement. Ton mari travaille dans une société française. Je ne saurai jamais laquelle. Il est parti, peut-être dans les méandres d'un empire inconnu, et l'on ne reparlera plus de lui ce soir.

Tant de caresses précises sans la moindre approche de ta peau de riz safrané.

Tu pars, mais non sans nous avoir ramenés à notre rivage royal des trivialités. Tu nous abandonnes à fleur d'érotisme, signé par la houle de tes reins. Et tu nous dis :

— À demain, à d'autres aventures.

Tu me tires de mon sommeil, juste au tournant de la nuit. Quel beau réveil au son de ta voix qui ne dira jamais mon nom!

— Room six, one, seven.

Mon unicité encadrée d'un chiffre cabalistique et d'un autre deux fois ternaire sied à ma multiplicité.

J'éclate, corps qui s'implante dans l'écume langoureuse de ta féminité.

Et je creuse de ma voix matinale la blessure qui ouvre sa joie dans le triomphe d'un printemps palpable, ta fleur délivrée de l'hiver.

Au bout du fil, tu sèmes en moi les griffées de ta nuit comme des figurines de nacre sur l'ébène laqué de mes jours. Et tu viens avant l'heure au rendez-vous, niant les retards traditionnels des Orientaux.

Il ne s'agit pas d'adopter ni d'apprivoiser la ville flottante, aux canaux crasseux, tellement distendus, et cachés par tant de taudis et de gourbis qu'on a de la peine à voir l'eau. Il est vrai que les rivières ou le fleuve segmentent la ville comme un serpent coupé en rondelles. Dans ces larges artères sans nom, ni en thaï, ni en anglais, pas de métro. Pas de repères dans le brouillard de fumée qui prolonge d'errantes prières, ni dans l'infernale circulation où croulent tous les fantasmes des lectures préparatoires.

Fourvoyés dans la mêlée et le cauchemar de musiques amplifiées qui se chevauchent pour s'annuler et se déformer, nous résistons à l'air vicié tout en cherchant le centre de cette capitale, sans cesse déplacée du nord au sud pour éviter l'ennemi envahisseur.

Les Thaïs ne peuvent aller plus loin. Cette marche vers le sud, où l'on ne se battra plus, trace le texte d'un langage clair, éblouissant de présence et de paix.

Toi et tous tes concitoyens, Koï, vous avez adopté la fatalité orientale avec un sourire plein de sérénité. Sourire de vos sculptures bouddhiques, où même le masque de bronze, de calcaire ou d'or rayonne, comme un tournesol de bonheur calme et de lucidité. Maîtrise du sort sans vantardise ni fanfaronnade, vision de l'invisible qui accueille le cri du noyau dans le silence vierge du sourire.

Nous valsons d'un temple à l'autre en voiture climatisée dont le chauffeur n'a pas desserré les dents, tandis que le guide, volubile, n'a pas cessé de parler. Il m'a mis longuement au courant de l'organisation de la loterie, en me montrant son billet et le panneau gigantesque dressé en plein centre-ville, où étaient affichés les numéros gagnants. Ces deux facettes du même sourire sollicitent ma curiosité.

L'énigme se renouvelle, rose trémière de véracité.

Le sourire, et rien que le sourire, accompagne notre ruée vers les temples.

Mon corps rectiligne et mes mouvements souples décrivent des courbes qui me font esquisser, à mon insu, l'esthétique thaï.

Suis-je dans l'esprit ou dans la lettre?

Ici, à Bangkok, j'essaye de m'imprégner de l'esprit et de la lettre, qui ont pour base la droite et la courbe.

C'est de leur harmonie que naît l'essence originale du sourire bouddhique, de sa sculpture, de tout art visuel ou scriptural inextricablement lié à la religion et à la géométrie.

Montri, mon ami, me l'a expliqué par écrit, car il n'est pas loquace, contrairement à notre accompagnateur.

Le culte bouddhiste, en Thaïlande, remonte à plus de trois siècles avant J.-C. Par contre, l'architecture et la foi, la doctrine et la sculpture se sont inscrites dans le cœur et dans les pierres au moment de la première indépendance du royaume thaï, dont la capitale, Sukhôthaï, fut fondée en 1238. Si au cours de l'histoire les styles ont varié, d'une capitale à l'autre, de Sukhôthaï à Ayutthayâ, une même source d'inspiration s'est perpétuée, la cosmogonie bouddhique nommée traïbhumi phra ruang.

Traïbhumi, monde d'amour et de souffrance, de jouissance et de douleur, du paradis et de l'enfer, de Brahma et de son esprit désincarné.

Tout tend vers la quête, non d'un Graal, coupe concrète, mais d'un nirvana auquel aspirent les bouddhas.

Voudrais-je éteindre mes désirs pour gagner la sérénité, nénuphar qui surnage sur une chair aqueuse, illuminé d'un soleil sourire?

Voudrais-je me fondre, âme solitaire, dans l'inconscient collectif que brandit ce peuple asiatique, totem de ralliement, quand il ne sait plus évoquer le sanscrit des thorax concaves?

Mourir, moi, non pour être sur la croix, psalmodier, moi, non pour être croissant dans la verdure du chant mais pur vent d'Extrême-Orient, et faire naître l'enchantement sur les lèvres gracieuses qui démêlent les voix.

Bouddha à être dans l'amplitude du don, tu loges tristesse et interdiction dans la rétine étincelant juste pour l'amour du chas de l'aiguille par lequel transite la paix parfaite au-delà des bourbiers du moi.

Tout donner pour s'initier à la maîtrise du désir et de la pauvreté. Ainsi purgé des péchés, des concupiscences, on s'écrit dans son corps et dans son âme, sourire satisfait, non de Mona Lisa, mais d'un bouddha offrant aux mânes, dans la franchise rayonnante des libations, la cible linéaire, promesse de rectitude et de beauté, l'archet tendu enchâssant la courbe sinueuse dans l'écriture où le cœur n'est qu'un reflet.

Koï, tu es la transitoire qui ne croit jamais à son portrait. Je te vois voler de tes ailes de safran et disparaître au tournant d'une artère d'enfer que croisent des canaux de mystère. Et, dès ta disparition, je sens naître des vibrations devenant tam-tam dans mon cosmos mosaïcable à merci.

À un fronton, le Bouddha n'est pas assis en tailleur comme de coutume, la paume de la main gauche orientée vers le ciel des méditations, les doigts vers la terre. Il a un pied en l'air, telle une grenouille qui bat la mare.

L'humour du roi, patron des lieux, a sécrété ainsi son grain de fantaisie.

Quadrature du cercle, roue de la vie bouddhique, tournent pudiquement dans le tout les quatre éléments de la genèse : terre et feu, air et eau. Et cette géométrie sacrée barde la perspective cyclique où nous sommes tous englués.

Dans le wat traïmit, la statue de Bouddha, haute de trois mètres, pèse cinq tonnes et demie d'or. Elle fut découverte voilà près de quarante années, cachée

sous une épaisse couche de stuc destinée à déjouer
l'ennemi birman lors du sac d'Ayutthayâ.

Les temples sont assiégés de touristes. Ils pho-
tographient tout, lieux sacrés, reliques, pagodes,
moines, et quelques Thaïlandais qui prient ou adres-
sent leurs suppliques. Ces étrangers sont-ils venus
dérober le feu sacré d'une sérénité dont ils pertur-
bent les lieux de recueillement?

On les conduit en troupeaux bien encadrés.
Rares sont les croyants prosternés devant l'écra-
sante statue aux traits satisfaits, au sourire narquois.

Des galaxies d'émotions sont mises à nu aux
pieds d'une force statique qui se fait vive désormais.
Génuflexions dans l'empire des nuits. Hommages
qui baissent le front et respirent l'encens.

À l'intérieur siègent des bouddhas bedonnants,
des vagues de graisse dorée ruisselant du haut en
bas de leur ventre. Les fervents leur collent sur la
tête des lamelles d'or extra-fin pour que s'accomplis-
sent leurs souhaits.

Le mal qui ronge le corps disparaît grâce à la
couche d'or offerte à la volonté divine.

On allume des bâtonnets d'encens, on met quelques bahts dans une soucoupe de bronze.

On se fait bénir par un bonze, s'il s'en trouve un
présent, et les touristes continuent de tourniquer
dans l'absence, en contemplant d'un œil incrédule
les pulsations d'un éternel qui ne leur dit rien.

Dehors, près d'un sarcophage, une assemblée
de bonzes chantonnent des litanies d'une voix
monotone. La mort présente est exposée aux proches
et aux étrangers. Tout autour, la famille prépare un
repas copieux à nourrir les pierres. Faim insatiable

d'une terre qui interpelle les désirs vrais et les désirs minés.

Dans la cour, les enfants jouent parmi des chiens et des chats. La prière continue son verbe cadencé dans la parodie du quotidien inscrit à la face même du temple.

Le havre de paix disparaît. Nous ne pouvons même pas nous retirer, le temps d'une méditation solitaire. Le temple devient le souk des clichés à emporter sur pellicules.

Des vendeurs offrent, dans des cages triangulaires en bambou, des oiseaux à libérer.

— Achetez la liberté d'un oiseau pour vous porter chance et éloigner vos péchés.

Set me free and you'll be lucky, dit l'écriteau. Tout se marchande, la beauté du geste et l'horreur de la pensée, le sublime et l'éternel au rabais.

Rares sont les moines. Parfois diaphanement drapés de pagnes ambrés. En voici un qui traverse l'enceinte du temple, à la façon d'un amant trahi. On dit que les bonzes se retirent pour percher dans le nid de l'esprit qui éduque l'âme et l'abolit.

Univers nébuleux où le prodige est d'atteindre la transparence.

Ainsi, dans les grottes de pauvreté, des ventres excavés s'auréolent d'arc-en-terre, citadelles en ruines et excentrées, fragiles brasiers de mémoire que d'autres flammes attisent.

Iris, nénuphars, linceuls dans l'orage de nos printemps, refusent les fleurs pour que les notes de l'instinct se nocturnent.

Le souffle haletant d'une étoile se grise en derviche tourneur.

Dans l'un des temples, sont exposés en graffiti alambiqués toutes les ossatures du corps, les muscles à masser, les zones du sensible, les relais noueux des artères.

Une horde de jeunes spécialistes attendent, vous massent le cou en une seconde et vous donnent envie de les embaucher. Dans l'invisible secret, vont se délier les charnières du corps.

Le brasier frémissant retrouve la légèreté des ombelles.

Répétitives sont les visites des temples bouddhiques, des églises ou des mosquées. Chemin sans retour toujours évoqué. Formes, graphies, visages, sourires, couleurs, or, bronze, terre cuite, céramiques, icônes, cierges, reliques, cendres, parfums, encensoirs, libations, oboles. Seule, la position du corps marque le présage que mon guide inculte n'a pu me révéler.

CANTO IV

On lui avait pourtant dit d'enlever ses chaussures à l'entrée du temple! Mais Pierre, le frère siamois distrait, oublie, entre en conquérant pour photographier tout de travers. Parfois, il franchit la ligne droite de l'interdit en montant sur une estrade couverte de velours rouge, réservée aux moines.

— Sacrilège, dit le guide.

Et il se précipite aussitôt pour faire descendre le maladroit du piédestal sacré.

À ce moment-là, le bouddha joufflu, à la bedaine surplombante et au sourire satisfait, s'est mis à tourner de l'œil pour s'amincir dans les têtes. Volatilisée, sa conquête, dans l'esprit de l'étranger. Pour le Thaïlandais cependant, il n'est pas heureux, ce bouddha de la douleur invisible, malade de sa chair.

Seul, celui qui a jeûné complètement pendant quarante jours, sans eau, est aux anges, malgré les côtes thoraciques saillantes et le ventre, papier à cigarettes littéralement collé en peau diaphane, et malgré les yeux exorbités, comme une nuit qui a creusé sa tombe. La terre en monticules sur les bords, hurle le bien-fondé de l'abstinence que, seuls, les parents pauvres peuvent s'offrir en toute sérénité.

Ici, la courbe du ventre célèbre la mort, couronne à épingler au cœur du désespoir dans ce pays des merveilles. Et pourtant, nul regret.

Quand l'horizon fleurit aux torrents des lumières, et que la brume cache la fuite du désir, les cimetières accueillent les fruits des branches folles à l'odeur de promesses contenues.

Que de printemps riches trompent le monde! Dans l'hiver désespéré et sauvage se blottissent les frangipaniers. L'arbre de la mort acquiert son droit à la grandeur, ayant pignon sur rue, là où il peut inventer le rêve.

Nul doute que ces contrastes, structurés par la nature même des choses, sont chapeautés par le Rama suprême, à présent le neuvième de la dynastie Chakri. Ce roi, né en 1927 aux États-Unis d'Amérique, est adoré par son peuple, même s'il ne le voit que rarement.

L'infini s'allonge sur la terre quand s'affirme la dernière des servitudes. La photo du père, embellie et en couleur, affiche sa présence sur tous les murs.

Image rassurante qui éloigne du sol toutes les folies de la perte de soi. Que d'esclavage pour se retrouver ancré à la bouée de sauvetage!

Bhumibol tant aimé! Le peuple est prêt à changer le cours des événements pour satisfaire ton moindre désir. Servir Sa Majesté pour sauver, en passant, l'ongle crasseux du petit doigt de l'ouvrier.

Les fluctuations d'une adoration maintenue à coups d'images se ressourcent à l'archétype du pèremage; il faut ajouter le hasard que l'on courtise en misant sur le rêve : la fortune descend du ciel sur le tapis enchanté d'un billet de loterie!

Et tout le monde parie pour se consolider la vie...

Mais dans la boule de cristal ou dans la goutte de rosée placée à la tête des pagodes classiques, telle une protubérance magique sur le crâne du Bouddha, les princes ont inscrit le fruit de leur passion.

Le héros de mon aventure n'est pas un prince charmant marié, adoré de deux princesses tombées en amour pour ses beaux yeux. Je suis le roturier émigré, passant comme un ouragan dans ce pays de cocaïne et de chair.

Je suis solitaire, accompagné d'un frère siamois. Je traverse le désert des appels lubriques et, dans l'anonymat, découvre à un tournant de route, la beauté aux sourires ensorcelants, et l'interdit qui déroute les quêteurs les plus initiés.

Nous sommes deux à nous disputer Koï : le père conquérant qui sait border l'aurore dans le giron de son épave, et l'amant consumé, tournoyant dans l'abîme, aux portiques de l'ego.

L'un embrasse Laure comme un Pétrarque octogénaire balbutiant ses Canzoni, enfant découvrant les premières paroles.

L'autre reçoit d'en haut sa Béatrice. Elle fond sur lui dans une Divine Comédie où la révélation se fait sous l'insulte de la pollution.

Cependant, c'est là simplifier les tiraillements, les attractions, les répulsions, les idoles qu'on brise du regard et l'apothéose qu'une floraison renvoie à l'origine ensoleillée d'un mythe se rejouant en dépit de nous, franchissant les frontières les plus étanches.

Comment puis-je traduire les effleurements sensuels du père, dont la foudre incestueuse abrite d'autres dieux de l'orgueil et de la duplicité?

Je ne pourrais jamais lancer les galets qu'il jette sur ta plage vierge! L'innocence se laisse faire comme un oiseau qu'on enferme sous sa chemise. Intimidée par l'âge du vénérable qui aiguise sa libido sur ses hanches au doux tangage, Koï sourit, se laisse enlacer, petite fille qui adore se blottir contre la barbe soyeuse du père.

Oh toi, Koï!

Comment te reconnais-tu dans ton silence soutenu et la transparence de tes gestes?

Pourquoi ce cliquetis métallique à la fréquence néfaste pour cerner ta lunaison offerte comme le miel de l'abeille?

Que d'années passées à m'apprêter, comme un bonze, à écouter les bûchers de sentiments qui crépitent au sein de l'amant!

Que d'algues moroses dans mes eaux inlassables que ton flot vient équarrir!

Que de naïveté cultivée pour ne pas tomber dans le piège du bonheur prétentieux!

Que de remous écartés pour meubler de mes paumes nues les gestes héraldiques de mes races!

Je ne t'imite pas, Koï, toi, être de silence, qui as su inscrire sur ta peau l'énigme même de ta parole et ta cadence de sagesse.

Ton aurore m'a léché de sa flamme de lichen.

Tu es l'unique témoin, toi, Koï, mon autobiographie plurielle, car je suis né en toi, amour serein dans tous les mots éteints.

Tombent nos terres quand nos corps se frôlent en dépit de nous.

Ce ciel de notre amour enraciné est souvent lacéré d'éclairs.

Puis-je retrouver la foudre, témoin ultime pour fendre notre royaume oublié? D'où ce dilemme que je porte comme la cendre sur la rosée : je suis condamné à n'écrire que le passé. Quand le présent se vit, il ne peut fixer le flux du sensible dans le sillon de l'écrit.

Nébuleuse aventure qui jette parfois un regard douloureux sur son passé.

Aujourd'hui, tu es arrivée plus tôt que de coutume, accompagnée de ta sœur Joy, plus jeune et moins belle, mais qui parle mieux anglais que toi. Joy zézaie, ce qui rend son parler incompréhensible. Je préfère ton silence, plus facile à décoder.

Est-ce l'équilibre de ton intuition qui partage les forces en répartissant les biens sans que personne puisse s'en soucier?

Je ne saurai jamais pourquoi et je ne poserai pas de questions.

Sans rien dire à ta sœur, Koï, tu nous emmènes tous en navette gondole bourrée de passagers, métro aquatique aux nombreux arrêts sur le fleuve principal, le Chao Phraya. Voyage assourdissant dans les arcanes de la ville, manière de nous initier au tintamarre pour que nous appréciions ton calme. Les uns montent, d'autres descendent sur des embarcadères brinquebalants.

Je te regarde et je trouve la trace de mon sang.

À travers toi, je remonte le cours de mes origines comme je remonte le cours du fleuve de ta ville. Et nous nous confondons dans l'envie, dans le bonheur, sans dire un mot de notre histoire qui n'est commune en aucune mesure.

La sœur a accaparé Pierre. Il la suit dans ses sentiers sinueux sans rien comprendre. Ses flots de vocables malaxés restent lettre morte aux haliotides de sa pensée.

Moi et Koï vivons les regards bâtisseurs, à notre insu, de chalets perchés comme ces pagodes dorées qui jalonnent les taudis, beau rêve dans ce pays de nénuphars et d'orchidées.

Et soudain, Koï explose, larguant sans mot dire, les carcans de la femelle soumise. Elle fend le fleuve d'un éclat de rire et nous entraîne au Club de la Marine déguster des fruits ensorcelants. Leur saveur rime avec la félicité du matin et laisse sur la langue un arrière-goût de thym.

Dans ce club, nous sommes une île de jacinthes et de lilas. Autour de nous, une mer de whisky que tentent d'avaler une foule de faux marins. Ils n'ont pas les pieds sur terre, essayant de noyer leur déprime dans la gaieté de l'air à trois étoiles. Tout a l'apparence d'un royaume fondé par surprise dans la légèreté et la lenteur du tournesol.

Le cercle de notre amitié ressemble à un collier de fleurs parant le sommet d'un mont.

Koï est la princesse aux deux prétendants, et son verbe insaisissable, en dépit de son doux chantonnement, me hantera jour et nuit. Je la reverrai me nommant les fruits qui firent nos délices : saparot, tan mow, kanoun ou aroï.

Le monde semble se renouveler, comme ces éclairs de semence qui donnent l'illusion de porter leurs fruits dans le tonnerre.

Cependant, Koï ne sait pas que le frère siamois ignore tout de sa graphie remontant au sanskrit, pâli et khmer, origine de son rachasap ou haute langue littéraire sans genre, ni nombre, ni article, ni déclinaison. Juste une gamme de cinq sons règle la circulation des idées.

Nous sommes deux à avoir ouvert ton livre complice, Koï. Ce livre des délices qui reçoit la vie comme une lettre, sans l'ouvrir. Et moi, je rêve de feuilleter ta peau, de déplier ton aquarelle bangkokienne en cet hiver de chez vous qui ressemble au printemps.

Je me plais à retracer, dans ton paysage doré, les chemins inédits de tes digitales.

Image osée, ingénieuses analogies aux sillons illuminés d'une entente qui abolirait l'interdit.

S'ensemencer dans la terre pour que ma page graminée étoile nos dépouillements lunaires.

Ainsi nos corps textes se laminent d'incantations que les bonzes ne peuvent pas réciter.

Et Françoise, surgie dans mon appartement comme un ouragan, me crie :

— Tu ne pourras pas faire le saut.

Et elle se met à critiquer tout ce que j'avais entrepris d'élucider dans mon jardin intérieur. Elle ne connaît ni le parfum de la frangipane, ni le goût de la fleur d'oranger.

En contemplant une seconde les eaux-fortes de mon voyage, Françoise n'a pu s'empêcher de claironner :

— Macabre.

Seul mot qui jaillit des profondeurs des entrailles. Puis, après avoir tourné quelques pages de mon aventure et siroté son café sans sucre, elle ajoute :

— Oui, il y a violence, mais c'est une violence chantante du verbe.

Quand Françoise occupe le champ de mes pensées, à l'intérieur ou à l'extérieur de mes terres, elle s'amuse à parasiter mes résonances et à subvertir toutes les Koï et leur cadence.

Et mon œil méditerranéen n'en croit pas ses oreilles quand elle relance, belliqueuse et de sa voix enfumée, que je ne vaux rien, moi, l'illicite, vivant sa transparence dans les ténèbres de ses portiques.

Que veut-elle enfin, cette foudre qui s'abat sur ma sensibilité? Ce vide qui fait bander mon alif aux détours de sa lubricité?

Koï thaï vit en moi dans sa splendeur millénaire, joyeusement partagée par le sourire nu épelant mon nom, Virgulius, à la branche de citronnelle, paumes offertes, floraisons d'éclairs à venir.

Pavillons souverains, mes capitales se fondent dans l'iris où se givre mon nom, dans la colère bourdonnante de l'abeille.

Je ne suis pas au parvis du mythe, élevant chaque jour des temples d'orgueil. Conquête torturée sur l'infamie. Je sais lire mes traces fabuleuses.

Dans le sourire, nacelle vouée aux intempéries, je vogue, algue multicolore, sur les eaux sans frontière.

Que mon azur déclare la paix aux nuages. Mes cantos en geste hilalienne célèbrent mes voyelles suaves dans le grincement des chicanes.

— Tu ne m'as pas dit comment tu es parvenu à Koï?

— J'attendais patiemment au bord de la rue, complètement inondée, près de l'hôtel. On ne pouvait traverser. J'ai attendu. Des gens pataugeaient dans l'eau nauséabonde jusqu'aux genoux. Il fallait bien traverser pour rejoindre les siens. Et quand soudain j'ai vu qu'un passeur à bicyclette offrait ses services pour un montant dérisoire, j'ai sauté en face de lui sur la banquette qui devait me transporter vers la liberté.

Je n'étais plus le prisonnier de l'hôtel cinq étoiles. Je pouvais donc prendre le bus de l'anonymat, moi, l'étranger à la recherche de son identité. Ce bus bondé où personne ne pouvait m'orienter vers Siam Square.

Personne ne pouvait lire ni comprendre mon anglais. J'étais le curieux pris dans le piège de la curiosité. Je voyais les roues du questionnement tourner dans la tête des voyageurs placides : que venait faire ce blanc, cette brebis galeuse, dans l'espace qu'aucun touriste ne pénétrait?

Ainsi, j'ai déambulé dans la foule du bus. Deux heures de pétarades à travers Bangkok, sans défaillir ni me sentir mal. Au contraire, j'étais dans le réel de mon destin qui me portait vers l'inconnue : au tournant d'un regard, le sourire de Koï.

— Mais tu rêves et tu as tout inventé, ce pays, trésor de chair au crépuscule de ta destinée.

— Pas du tout. Je t'ai dit que j'ai essayé de téléphoner à tes amis. Mais je ne pouvais pas les voir.

— Ils t'auraient reçu. Ils se seraient fait une fête de passer la soirée avec toi.

Bien sûr. Mais j'étais en terre étrangère et je tenais à bâtir le champ de l'imprévu qu'illumine comme un miroir la source que je n'aurai pas bue.

Quelle horreur de trouver des excuses boiteuses. Intarissable, tu l'es dans les chinoiseries.

Détourneuse de mémoire, quand ton cratère se décharge, sa lave me confie sa détresse. Je ne sais la contourner.

CANTO V

AYUTTHAYÂ... Je prends un minibus pour cette ville en ruines, jamais reconstruite. Ayutthayâ, autrefois plus importante que Londres ou Paris, ancienne capitale du Siam, fondée en I350, rasée par les Birmans en 1767.

Site de prédilection choisi, à la jonction de trois rivières, pour ses qualités défensives. Un seul canal, creusé dans le coude du Chao Phraya, et cette immense patte d'éléphant deviendrait une île.

Soleil d'un pouvoir qu'on a toujours saccagé.

À soixante-quinze kilomètres au nord de Bangkok, l'ancienne capitale du royaume est devenue musée de l'imaginaire des jours de gloire et de faste.

Aujourd'hui, temps d'arrêt, pour une aire de souvenance.

C'est ainsi que je voulais remonter le cours de Koï. À la recherche de son passé sur les crêtes des vagues du pouvoir. En quête d'un présent de temples émotionnels, marqués par le ciel ouvert de l'anecdote.

Est-ce par nécessité que Montri est venu m'accompagner, guide du premier amour de la Mignolina?

Aujourd'hui Virgile, pour Virgulius égaré dans les canaux d'une Ayutthayâ qui crache encore son feu du passé, comme un dragon furieux au bord de l'abîme.

Suis-je au paradis perdu d'un amour qui veut être entendu?

Suis-je dans l'enfer où l'espoir piège les corps torturés?

Suis-je dans le purgatoire de l'attente qui veut bien croire à la renaissance d'un nouveau siècle?

Montri écorche la langue de Sa Majesté Élizabeth II, mais adore le Roi Bhumibol, son royaume où il a fait carrière.

Montri, interprète guide grâce au faste de l'Occident débarqué en charters, aux individus venus tailler l'amour dans les corps dorés des beautés thaïs.

Il a laissé Koï derrière lui depuis plus de seize ans, derrière un son et lumière comme on n'en fait qu'en France, derrière le souvenir mince d'un musée où ne sont conservés que les lapsus de grammaires érotiques, ceux qui vont s'écouler dans la mer perpétuelle des cœurs empoisonnés!

Que de victimes dans l'erreur fatale d'un instant de bonheur *by-passed* telle une page de poèmes qu'on ne lit pas, par mégarde, par insouciance ou simplement parce qu'on tourne deux pages à la fois!

L'histoire nous ignore, se répète, malsaine, dans ses créatures infâmes, et ne nous apprend rien. Pourtant, nous nous tournons vers son visage d'un autre monde pour glaner le feu de nos besoins, et nous sentons alors le sarment encenser nos enveloppes charnelles.

Un incendie réel met à découvert l'amertume d'un rendez-vous manqué!

Peut-être la légende d'un folklore révolu viendra-t-elle parer nos réserves de paroles jusque dans nos privilèges douteux.

Souvenez-vous du Roi Traitrung découvrant le malheur de sa fille qui, sans mariage officiel, a donné naissance à un enfant après avoir mangé une aubergine qu'un jardinier inconnu avait fertilisée de son urine. Maï Saen Pom, l'homme coupable aux cent mille verrues, fut chassé de la cité avec la princesse et son fils.

Mais la déesse Indra, qui avait tout vu de ses yeux divins, prit pitié de ces malheureux bannis et offrit au jardinier trois pouvoirs magiques pour détourner les esprits.

D'abord, Saen Pom demande que ses verrues disparaissent, puis un royaume à gouverner, enfin un berceau d'or pour son nouveau-né.

C'est ainsi que l'enfant fut connu, Chao U-Tong, ou prince au berceau d'or, et le royaume d'Ayutthayâ fondé dans cette concession indianisée.

La principauté de Phya U-Tong prit pour capitale cette île à la confluence des rivières, non loin de la mer, entourée de rizières fertiles, centre d'administration et de communication qui s'émaillera plus tard de culture khmère.

Les monarques absolus d'Ayutthayâ, ou dieux de la vie, affirmèrent leur pouvoir en s'octroyant les hauteurs de la pensée réflexive de la devaraya khmère, d'où naquit le concept du roi-dieu.

Rois de l'harmonie du rituel de la foi, gardiens du langage des brahmanes et des bouddhistes dans l'air insolite du quotidien. Parler sans forme qui règle les pas comme les bulles de dessins animés qu'une nacre viendrait perturber.

Montri se profile sur la sensualité angoissée des roulements d'événements. Je tente de capter les silences de Koï, abandonnée à Bangkok.

Sa tendresse azurée, sujette à caution, occupe notre mémoire éphémère.

Mal cultivé, Montri commet l'erreur fatale de ne jamais faire appel aux proverbes ni aux légendes de sa cité.

Au micro, le guide nasille, étale le détail qui fait reculer la nuit.

Les Birmans étaient des sauvages qui ont détruit et brûlé les temples de Bouddha. Cela ne pardonne pas. C'est pour cette raison qu'ils sont dans la misère. Voyez les Thaïs qui vivent mieux aujourd'hui. La vie ici est facile, bonne, sans inquiétude, les paysans cultivent le riz, pêchent dans les canaux et les rivières, exploitent une terre qui leur rend l'amour semé dans ses entrailles. Tout est à leur mesure.

Et Thaï, terre de liberté, n'a jamais été colonisée.

Nos ramas, à l'image insaisissable, ont fait leur devoir diplomatique. Grâce à leur stratégie, ils ont gardé le pays.

Aujourd'hui, nous exportons le sucre, la soie, les minerais.

Et nous avons quarante mille *pimples, fossettes,* le plus célèbre étant le Phra Keo, temple du Bouddha d'émeraude, à Bangkok, construit en 1782 sur le modèle du Grand Palais d'Ayutthayâ.

C'est la chapelle du roi et non des moines.

Cet énoncé dans la langue de l'autre, non maîtrisée, provoque des réflexes prévisibles. Nos langues maternelles occultées sont sources d'appels frangés, comme celle de Nadia qui gargouille dans ma gorge et ne peut éclater : suavité de roulis coulant allongés dans la douceur mouillée des brumes.

Montri saura-t-il qu'il a trahi Koï et avance vers sa mort? Dans le cerveau de Koï thaï?

Il balançait ses pieds nus en quête d'échardes.

Koï n'est pas une esclave ayant fait vœu de chasteté, embrigadée par la gent masculine à tête de chacal ou de dragon, sautillant au gré de bonzes diaphanes et puissants ou d'intégristes anarchistes musulmans.

Cette sauterelle ne s'embarque que sur ses ailes, fleur de révolution que les Américains exploitants d'aujourd'hui n'ont pu moduler dans leur capsule cocalisant le monde qui les fuit.

Et j'ai vu le portrait de Pierre qui s'orgasme, collé, comme un timbre sur une enveloppe par avion, à Joy légère et court vêtue.

Que de stratèges épluchent encore à l'ordinateur les papyrus d'un Virgulius qui a refusé d'incendier la bibliothèque d'Alexandrie. Et ce sont les Grecs, qui pratiquaient l'endogamie jusqu'à l'inceste. On vient de le prouver.

Koï, ma belle étrangère, ma littérature qui bouge. Ta science est rêverie du sensible.

Qui a dit que tu as coupé le nœud gordien du vœu? Montri, le guide, te cherche-t-il encore dans cet écran de chasteté qui colore de pourpre ton visage flamboyant?

Voulait-il peupler ton eau qui dort et se réserver son terrain de chasse dans l'absence. T'incruster, auréole passante de minuit?

Un rire atroce entre puritain et putanerie.

Quelle différence, pour cette adolescente qui t'a narguée pendant des années? Et tu le savais du fond de ton cœur qu'on pouvait faire basculer le rêve, la promesse scellée à l'aube de l'amour, vers un réveil de rut et de violence.

Oh prostituées de Bangkok! Prises dans le tour-billon incantatoire de la chair vendue et des dis-cussions infinies autour du montant qu'il fallait envoyer chez soi, pour que le frère aîné puisse s'ini-tier à l'esprit de la lettre bouddhique, entrer dans les ordres monastiques, devenir bonze et célébrer son ascension!

Personne n'a donné l'explication de l'absence lumineuse.

La délivrance qui devient implosion de toutes les femmes.

Je n'égrène pas la bibliothèque de mon cerveau. Je ne cherche pas l'ombre illusoire de ta parure. Je ne dresse même pas l'hologramme de nos amours étoilées, le frisson qui nous a baignés d'une rosée à notre écoute.

Comment s'est insérée la variance du triplet? En toi, Koï, la polytechnicienne du simple investi dans le jour?

Toi, être du vent qui as le vent en liesse.

Toi, pagode illuminée d'aurore striée en tronçons.

Base, milieu, sommet, polyèdre transparent et déchiqueté, destin en miroirs brisés qui épuisent les perpétuels envols, qui finissent par bivouaquer à la bourse facile du gain.

Mon apparition sur le terrain anonyme de l'étranger fait synchroniser la crise comme la buée sur les cloches qui chantent au dieu : «Nous sommes là présents, corps glorieux sans le fard de notre jeunesse. Amant, premier amour, mari, père adoré, poète inconnu. Amour impossible qui devient vécu dans le chant des forêts, à la lisière de constellations évanescentes.»

Je viens de passer la soirée avec Koï dans un café, à Silom Road. Comme d'habitude, elle n'est pas bavarde, mais elle m'a fait comprendre que, quand elle est avec moi, elle n'a envie ni de parler, ni de manger, ni de boire. Elle est là, enrubannée dans son silence que je décortique comme une amande fraîche, verte et veloutée. Aussi n'ai-je aucune difficulté à la comprendre, vu son absence d'accent et son lexique contourné. Elle s'exprime splendidement dans ses sourires récurrents et les clignotements de ses paupières qui se recroquevillent sensuellement.

Clôture des yeux.

Quand elle les ouvre, l'intensité du regard s'élève, mélodie en ressacs abondants.

À chaque fois que je la regarde, elle détourne les yeux, non par amertume ou par mépris, mais parce qu'elle voit dans les miens leur belle flamme qui luit.

Mais Koï vit d'estime sans l'auréole de l'argent.

On lui fait confiance, c'est sa cuirasse de lumière.

Avant, elle a passé sa vie à soigner son père malade, décédé il y a à peine quatre mois. Tournée, la page du sacrifice.

Aujourd'hui, elle travaille de huit heures à dix-huit heures, passe trois heures en bus, aller-retour. Cela lui coûte deux bahts.

Elle n'a qu'un jour de congé par semaine et pas du tout annuellement.

Dans ce siècle de nudité végétale, que de bouches insatiables clament l'empire des tombeaux! Le sol mince de Koï engloutit l'ultime refus et la libère, si belle dans le déroulement de sa pensée.

Et quand je lui demande ce qu'elle tourne dans sa tête, elle la remue comme une aile prête à partir, éclate de rire, mais ne dit rien. Suis-je en train de l'asperger de mes jaillissements foudroyants, inspirés de son visage souterrain? Peut-être que je lui impose une pensée des entrailles, elle qui peut seulement apprivoiser la terreur. Faut-il qu'elle s'approvisionne de silence et de sourires pour l'irruption inévitable de mon volcan? Je la trouve tellement enfantine que son innocence se meut à la manière des libellules. Et moi, ma bouche trompette sa langue d'éléphant.

Entre nous, aucun ornement, aucun fard, aucune brume. Nos chants se taraudent à cœur ouvert.

— Quand viendras-tu passer l'hiver à Bangkok?

Elle émet son seul souhait, que je revienne y habiter.

Nous sommes rentrés en bus, le soixante-six, qui m'a déposé plus loin que mon arrêt, de l'autre côté du pont. Les deux rives étincellent, irradiation marchande qui tue les taudis enfoncés dans les ténèbres.

Koï continue son chemin pour rentrer chez elle, non sans me demander de l'appeler le lendemain pour qu'elle puisse entendre ma voix et se rassurer sur mes lieux de pérégrination.

Dans le bus, nous nous disons au revoir à l'anglaise, sans même nous toucher de la main.

CANTO VI

O<small>N</small> pourfend des océans pour venir se gorger de sexe à gogo dans ce pays réputé pour ses orgies inimaginables. Néanmoins, il reste parfois, perdue dans la foule, une Koï qui connaît les limites de son corps vierge, bouclé pour l'hymen dans la foi et la naïveté.

Je ne veux pas me mettre au-dessus de la mêlée baiseuse qui invente, elle aussi, des détours déments dans les cuisses qui s'écartent, des chevauchées violentes sur les fesses qui bombent leurs courbes, des caresses succulentes de seins obus. Trente-six mille poses où les corps s'emboîtent en fantaisies jouisseuses. Quand il se prend à l'orée du rôle des jouisseurs, le plaisir s'écrit cri dans la chair et, sans qu'on le sache, chaque artère, chaque veine se met à prier Éros pour son salut.

Cette union n'est pas une communion au sens religieux, mais sensuelométaphysique, élan globalisant qui ajoute, sans additionner, où l'on se perd totalement dans l'autre pour se retrouver.

Françoise me dira que je cherche toujours l'écho de mon transindividuel, moi qui viens du pays de la technosavance où l'amour a même été réduit à des éprouvettes. Elle me dira aussi que je lui coupe l'herbe sous les pieds quand elle s'incarne, chair offerte aux tonnerres virils de ma sexualité. Au bout du fil, elle crache sa colère, bile de sa jalousie. Elle propose de me guérir de mes aventures sculptées dans l'albâtre de mon esprit. Elle, à qui je confie mes moindres gestes et souvenirs, non dans le délire saugrenu des chercheurs raciniens, mais à cheval entre l'oral et l'écrit, l'éveil et le sommeil, à l'orée de l'illicite volontairement maintenu, et dans l'intimité de nos langues tressant savoureusement nos complicités.

Que d'agonies pour trouver ce corps, ce mot, le pénétrer à la levrette dans le tournoiement splendide d'une danse, en extraire une jouissance inédite et se confondre avec lui pour rivaliser avec les dieux.

Aucune nudité dans le vacarme royal, aucun témoin intime qui se serait souvenu de cette main de velours délicieusement abandonnée dans la mienne.

Sa main, gardée un instant prolongé, comme une voix sans voix, épave de feu grésillante, foudre tacite qui avoue ses éclairs à la seule clarté des lunaisons.

Main comme l'oranger fleuri abandonnant ses pétales à la caresse d'un temps qui connaît sa fin.

Main goûtant la blancheur de l'âme quand la blessure du corps oublié claironne.

Quand les monstres de mes déserts se réveillent la nuit, je savoure encore de Koï thaï la main, et je revois, en flashes simultanés, d'autres mains ultimes qui m'ont condamné aux souvenances.

Insolite poignée de main qui préside à notre destin, au tournant d'un horizon d'attente.

Chemin de Damas, Djazia nouvellement surgie de mon pays originel atteint de sclérose.

Bel anonymat de la rencontre fortuite où nous sommes nés ensemble et séparément à dix ans d'intervalle dans nos terres inversées.

Quand ces échos, pierrailles dans le ruisseau de la vie, nous prennent sur le dos de leurs vagues, que d'amour et de beauté flambent dans le miroir brisé de nos langues!

Nous avons joué pendant longtemps à la chasse aux onomatopées dans ce mess de la Marine, lieu de célébration des mariages.

Joy s'est mise à nous raconter son aventure du matin.

— Je faisais du vélo et, sur mon chemin, j'ai croisé un serpent. Et savez-vous ce que cela signifie? Quand on croise un serpent, cela veut dire qu'on va rencontrer un homme. Si le serpent me pique, cela veut dire que je vais me marier bientôt. Si un parent, un père, un ami tue le serpent, cela veut dire qu'on va me protéger de ce mariage qui n'est donc pas bon pour moi. Je n'ai pas été piquée et personne n'a tué le serpent. Alors j'attends l'homme de ma vie.

Koï rougit. Cette histoire travaille son corps, la tire d'un sommeil profond qui s'ouvre en porte ultime, en éclat de vie.

Joy parle-t-elle pour elle ou pour sa sœur? Qui me le dira? D'allusion en illusion, il n'y a que l'espace d'un changement de flash.

En embrassant Koï, Pierre, le frère aîné siamois d'adoption, s'est-il substitué au mari disparu dans les limbes de l'oubli? Prérogative qu'il ne réclame plus. Moi, le scribe, je ne l'aurai peut-être jamais.

J'ai déjà épousé son chatoiement, comme le bourgeon l'éclair d'une poussée.

Et sans passer des nuits blanches à transcrire le module tacite de nos échanges, je compris qu'il régnait dans la beauté de Koï l'énigme qui n'épuiserait jamais les ténèbres de mes tâtonnements.

Pourquoi Françoise insistait-elle pour faire de Koï une femme comme elle? Une femme habituée aux brasseries parisiennes à la mode et au parfum reconnu? Ne sait-elle pas que ce genre de vie est déjà révolu?

Que la page soit tournée dans le sable de nos déserts terrestres et lunaires, là où le papyrus de nos amours est encore à dévoiler.

Je revois avec une intense acuité le spectacle de la Ferme aux serpents.

C'est le combat entre le cobra, roi des serpents, à cou dilatable orné d'un dessin, et la mangouste. Contrairement à ce que l'on croit, celle-ci attaque la première, sans grand atout.

Elle tente d'arracher les deux crochets venimeux du serpent à lunettes pour annuler sa frappe, avant de le manger en toute tranquillité. Alors l'arbitre du jeu montre au public la tête ensanglantée du cobra, que maîtrise avec talent la mangouste.

Puis le dompteur s'attaque à trois serpents venimeux. En fin de lutte, il en neutralise deux en les bouclant de ses deux mains. Quant au troisième, il fourre sa gueule dans sa propre bouche et serre de toutes ses forces. Si le venin s'infuse dans sa langue, il ne lui restera plus de temps à vivre.

Le public, ébahi, admire de loin ces tours dépassés qui reconstruisent, en face de tous, une vérité plus puissante et plus juste que la voix du griot, ou du moins, cela paraît ainsi, quand le ton de la narration monte, propage dans l'environnement les conjonctures et les disjonctions du récit. Et tous les touristes, attroupés autour du cercle des représailles, s'habituent à leur mal d'exotisme dans la divagation du sensationnel!

Montri vient de quitter sa peau de biche pour celle du loup, ou bien l'a-t-il vendue pour rester sur la berge du Chao Phraya à faire passer l'ours et le chacal?

Et moi, ai-je craqué le bourgeon vert tendre de mon olivier comme, de sa bouche, Koï vient de faire éclater le lotus, fleur nationale de son amour amitié?

Les luttes intestines peuplent de morts nos vocables rocailleux ou langoureux aux éloges éteints. Elles remontent à bien loin dans l'histoire. Deux siècles de guerres entre Chiang Maï et Ayutthayâ, des soubresauts, des tricheries, des traîtrises et des bouffonneries de mauvais aloi. Ainsi un moine birman fut envoyé comme espion auprès de Trailok. Le moine incita Trailok à abattre l'arbre sacré de Mangraï, ce qui fut suivi de toute une série de malheurs. On déterra sept amphores, pleines d'ingrédients exotiques, qu'on fit couler dans la rivière, aux pieds de sept ambassadeurs. Tout cela pour que Chiang Maï meure dans de glorieux incendies. Or, la rivalité n'a eu pour effet que de déplacer la capitale, Ayutthayâ, à Phitsamilok, pendant les vingt-cinq ans du règne de Trailok.

Pour la royauté et ses lois, les règles de conduite du Palais, l'étiquette de la noblesse thaïlandaise, et les roturiers, Trailok fut le maître sans conteste. Que tout s'orchestre dans la dignité du rang! Le désordre ne peut être toléré dans les rouages d'une autorité suprême. Qui dit contrat verbal dit, tacite, la soumission.

Je ne sais comment j'atterris au Palais royal, le Bang-Pa-In, où les rois ont coutume de passer l'été depuis le XVIIe siècle. Le Palais a été reconstruit à la fin du XIXe et au début du XXe siècle, et l'ensemble comprend toute une série de pavillons et de palais de styles différents.

Au beau milieu d'un petit lac artificiel se dresse l'Aisawan Thi Paya, à l'architecture thaï raffinée, qui sait narguer les regards par l'éclat des formes et des couleurs chaudes et accueillantes. Que de couronnes d'or accumulées pour la gloire du roi et du Bouddha! La providence ricane dans le miroir de l'eau, elle inverse l'éclat et les statues. Les rides d'un lac calme comme l'huile font frissonner les voix des gloires ensevelies.

Quand le Palais et son revers miroité prennent des ailes, les caprices du vent se font entendre, dans la mémoire.

Koï je te vois vivre, délicate touche sur le clavier de la beauté.

La voix de Montri continue son récit.

«Et savez-vous que la reine, épouse du roi Chulalongkorn, périt un jour dans cette rivière, noyée sous les yeux des serviteurs qui ne pouvaient la sauver, paralysés par la loi interdisant aux roturiers de toucher une personne royale?»

Trailok nous a joué un mauvais tour. Nos mains, ligotées par la parole, tavelées par l'amertume, ne servaient qu'à relever l'infecte pourriture mais pas le fruit doré de la beauté!

Koï aurait-elle pu être sauvée? Et de la main d'un Montri ou d'un Angkor, poète qui a célébré Ayutthayâ et pour qui le monde ressemble à une bibliothèque?

Comment délivrer Koï des attaches nouées autour de sa splendide gorge qui a fait rêver les poètes d'antan? Elle, présente, miroitement de soleil à l'arrière des voitures et sur les panneaux, à des vitesses endiablées.

Koï-livre, artifice muet de la civilisation du bruit.

Koï, ton petit doigt balancier, maître des rythmes cosmiques, s'investit d'un nouveau regard.

Oblitérer ta page virginale? Toi, blancheur qui exalte la rose, naka sur les toits de tes palais.

La variété des styles architecturaux, thaï, chinois, italien ou victorien, enchante les visiteurs du Bang-Pa-In.

Et je poursuis ma ronde. J'admire l'esprit cosmopolite de Rama V, faire cohabiter des styles qui se mordent dans un baroque plus réel que le surréel! Diorama de visages au pluriel couronnés de diadèmes anciens et modernes à faire hurler les puristes.

Je frémis dans ces schistes qui me saluent, invitations aux voyages dans les teneurs abyssales de mon moi bigarré. Je ne suis ni aliéné, ni fragmenté; le palais chinois, vautré dans son ascèse pragmatique, m'ouvre ses portes et je suis l'algue marronne, insatiable de liberté.

La tour, minaret qui s'octogonalise en briques rouges, me renvoie l'écho des appels du muezzin que le silence amplifie, afin que s'incruste le souffle du printemps dans ma chair incrédule.

Et la Diane romaine, ou peut-être l'Artémis hellénique, offre son buste légèrement érotique derrière deux branches de palmier, chasseresse qui enlace les feuilles et les lianes, cruche à la main, en attendant son berger.

Le palais britannique, tirant à quatre épingles les traits de sa puritanité, suscite en moi le reflet de ma quadrature, défi à ma naissance.

Au cœur de l'île, le palais thaï équilibre ses dissonances. Le souvenir s'incruste dans le miroir lisse du diamant. Et, poreux comme l'argile, je me perds dans sa sagesse, sa beauté, son élégance. Je deviens paillette dans ces maelströms qui s'accoutument à ma nature.

Koï, absente et familière, préside à cette danse suprême.

La nature et son verdoiement en forme d'éléphant s'approchent majestueusement de ce palais de rêves qui diffusent la poussière de poèmes ensoleillés.

Aujourd'hui s'éclipsent les révérences et explosent les bonnes manières.

Mes ailes de papillon s'élèvent, légères, dans la transparence de l'aurore.

L'ivoire de mes vers s'irise dans l'opacité de l'infini.

La main qui porte le sceau de Koï devient pendentif khamsa qui nous protège dans les coulisses de la haine et des mésententes.

La protection féminine, celle qui s'étend jusqu'au sacrifice de soi, je la vois érigée dans le tombeau de Suriyothai. Cette reine célèbre s'est déguisée en guerrier, chevauchant dextrement son éléphant, pour défendre son mari et l'arracher des mains de l'armée birmane. En sauvant la vie de son époux, elle perdit en même temps la sienne.

Un chédi contient ses cendres, mémorial de bravoure.

Femme qui respire encore l'air du temps à la surface de l'œil.

Portrait sculpté sur l'obélisque précurseur de l'amour.

Naissance reconnue qui navigue, perpétuelle, au fond des cœurs.

Dans les bassins, des poissons tachetés aux yeux cerclés de jaune vif fascinent les oiseaux, et ceux qui se reposent sur les margelles balbutient les souhaits de leur théâtre quotidien.

Dans cet éden perdu, auprès de la tombe de la princesse, trônent des frangipaniers, ces arbres que l'on plante hors saison, peut-être pour chasser les dernières gouttes de tristesse.

Pagodes et temples, wat, chédi, jalonnent les routes comme les églises européennes au moyen âge. Et toujours cette forme triangulaire sur les toits décorés par les naka, têtes de serpents retournées.

Nous visitons la Pagode inclinée, sorte de tour de Pise entourée d'une enceinte carrée où une myriade de bonzes sont en position de méditation. Le Bouddha Noir, sanctuaire qui abrite le plus grand bouddha de Thaïlande, statue de bronze taillée en style u-thong et sukhothaï, datant du XVe siècle, me plonge dans mon Afrique profonde.

Honoré ici dans ce territoire inexploré, un pan de mon continent natal allume le labyrinthe de mes sensibilités.

Deux rangées de colonnes tronquées rappellent Carthage, Rome et Athènes, visages transparents et familiers. Le Bouddha Noir, serein dans l'indicible, crée le plein autour duquel se propage la parole. Ce lieu, au-delà de l'exotisme et de l'exil, vibre le renouveau de l'inspir... et de l'expir.

L'équilibre millénaire de cette grâce inattendue chante un royaume en transition pris entre mémoire et victoire, moires et déboires, indépendance et dépendance.

Je lis sur ce visage l'armature d'un paysage brouillé que l'histoire répète à satiété. Des Jésuites missionnaires arrivent à la cour d'Ayutthayâ en 1665. Il leur fut permis de célébrer leur culte en toute liberté. Le roi thaï était si tolérant qu'on le crut converti d'avance et les religieux, enflammés par cette sublime conquête, rapportèrent à Louis XIV ce fruit inédit, en réalité mûr seulement dans leur imagination. Tous les esprits chrétiens, de concert avec le Roi Soleil, espérèrent sauver ces infidèles siamois de l'enfer et occupèrent leur terre puisque, dans leur esprit, le peuple tout entier serait converti.

Et le Roi Naraï se sentit flatté de recevoir une lettre du Roi Soleil en 1673.

Qui aurait pu croire qu'un fils de gargotier grec se retrouverait au centre de ces intrigues, heureux élu, convoyeur de conversions, traître des Thaïs pour la France et sa grandeur?

Constantin Phaulkon, d'abord au service des Anglais, arrive au Siam en 1678. Linguiste talentueux, il apprend le thaï en deux ans, passe les méridiens des traîtrises et se fait conseiller par Naraï, tout oreilles à ses bêtises. Il se convertit au catholicisme, épouse une Japonaise de la même foi et émerge, porte-drapeau des Français. Que de tractations avec le Roi Soleil! Mais il ne réussira jamais à convertir le Roi Naraï, roi de la vision. Avec les Jésuites, il demande des troupes à la France pour arriver à ses fins. Débarquent alors des escadrons français, que commande le maréchal Desforges. Arrivent des vaisseaux de guerre, tout un arsenal pour faire du Siam une terre tatouée de croix, une terre que la foi aura assujettie à une Europe avide de mépris!

Et le favori grec, Phaulkon, est nommé par Sa Majesté Louis XIV Comte de France, Chevalier de l'Ordre de Saint-Michel.

Néanmoins, son succès chorégraphie vite son revers. Son style de vie, naufrageur des deniers publics, éclaire comme le soleil les détournements illicites des profits. Que dire de sa convoitise qui ne souffre pas d'accalmie? Phaulkon s'est en effet mis en tête de détrôner Naraï, de lui succéder.

L'entreprise est hasardeuse car l'ennemi se retrouve en déroute, assailli de troupes d'éléphants. Naraï, malade, est écarté, Phaulkon arrêté, exécuté. Les Français battent en retraite, Desforges retire ses troupes. Phra Phetracha reprend en main la cartographie des voix inaudibles et rétablit la politique de porte ouverte, qui a fait la réputation de la plus belle ville d'Asie. *Ayutthayâ ne manque pas d'hommes valeureux,* dit l'ancien proverbe.

L'Abbé de Choisy, envoyé de Louis XIV, écrit : «Je n'ai jamais rien vu de plus beau, en dépit du fait que les temples soient la seule déviation de la nature civilisée.»

Ayutthayâ, la Venise de l'Est, passée à l'âge d'or, est assiégée par les Birmans, pillée, incendiée, dépossédée de ses trésors bouddhiques, de tout son or, de ses rives, de sa beauté.

Cet holocauste pouvait linceuliser la ville. Or, sept mois plus tard, un jeune général thaï, Taksin, prend la revanche. Dès la première nuit, dans Ayutthayâ reconquise, Taksin proclame son rêve, comme un serment prophétique sur le Mont Sinaï : «Le vieux roi m'est apparu dans mon sommeil profond et il m'a exhorté à changer de capitale. Majeure défense en bordure de l'eau qui facilite les retraits et les avances.»

Et l'on se déplaça en bordure du fleuve, dans un petit village de pêcheurs et d'oliviers sauvages, Bangkok.

Aujourd'hui, ce pays de liberté ne prolonge la violence que dans l'acquis. Nul masque dans les déchirures.

Les cohortes mercantiles s'insinuent dans de nouvelles incarnations.

Les Thaïs ne sont pas enclins à voter, exercice fondamental d'une absurdité qui n'a aucune assise dans les mentalités.

Pourtant, ils approuvent les coups d'état pour changer les visages du pouvoir. Que le nouveau leader organise les présages et les paroles à retenir! La foule suit dans le sang qui irrigue le sang, dans le circuit de plomb des têtes dirigeantes. Notez les

embrassades de fraternité. Ainsi les coups se succèdent, dans l'ordre de la nature.

*Qui suit plus vieux que soi, le chien ne le mordra
pas.*

L'autre dicton national avertit :

*N'empruntez pas le nez de quelqu'un d'autre
pour respirer.*

CANTO VII

AU marché flottant, tout se vend, les fruits et les légumes, les plats cuisinés devant vous, les régimes de bananes et les chapeaux, la canne à sucre et les reflets de l'eau, la palabre et les boissons, le commérage et la chair vive. Un rythme de carnaval secoue cette ville à la dérive où ne se fixent que les regards indignés!

Les barquettes glissent sur le non-lieu, dirigées presque toutes par des femmes habiles, parfois très belles et jeunes, parfois au retour de l'âge. Ainsi des fresques de légendes se déshabillent, donnant naissance à un témoignage charnel aux résonances sensuelles de l'impudique. Seuls les chapeaux de paille en cercles concentriques abritent les brûlures du sang.

Démente, ta beauté, Koï, dans la pirogue mentale de ton mari.

Mari hypothétique, et dont l'aventure, aux rivages de l'illicite, a fait naître les tempêtes de tes émois nacrés. Alerte dans mes arcanes constellés de ta présence.

Les dieux vont-ils se révolter?

C'est toi, Koï, qui m'amènes, dans un silence religieux, vers ce nulle part mouvant du crime transactionnel de ta chair. Aucun détail inutile, aucune parole n'émerge de ton corps fertilisé.

Tu ne m'as jamais expliqué qu'en Extrême-Orient on embrasse la femme comme on sent une fleur, en humant sa joue, parfum aux alliances interrogatives, d'où ce dicton célèbre, *belle d'apparence, inodore aux baisers.*

Et dans vos régions, on dit que *le vieux buffle aime l'herbe tendre.*

Ai-je fait moi aussi, Koï, de ton livre fleuve, domaine des ensoleillements, un marché ondoyant où les regards rugissent l'inquiétude des flottilles à quelques mots du désastre?

Ton mari, Chowarit, je n'ai pu le cerner dans ton efflorescence, mi-bleuie, mi-orangée, à fleur de fleuve, car je suis passé en trombe, nacelle lancée à fond de flots, exterminant les regards attardés alentour.

Et tout tangue dans ma tête qui ne résiste pas au mal de mer, longtemps trahi par la quête de ton histoire.

Chowarit n'est que cette douche de rire qui a fait battre un instant ton cœur, quand ta main fut donnée, après les pourparlers d'usage familiaux, où tu n'eus pas un seul mot à dire.

Mieux valait céder à cet assistant permanent des Affaires étrangères, qui n'a retenu de ce paysage où le cocotier est roi et la banane reine, que la houle de tes hanches.

J'entends déjà Françoise me reprocher de ne décrire qu'en filigrane ton histoire foisonnante de meurtres, de cupidité, de luxure et de revanche. Ton petit doigt quenelle creuse le sillon d'émeraude en aval de ton pays couvert de marais salants. D'abord, on prépare le terrain, en le consolidant, en lui donnant ses assises légales, puis on fait venir l'eau de l'océan à l'aide de moulins à vent. Comme certaines sculptures de Tinguely font chanter le fer contorsionné, le vent, force motrice, force fondatrice, en quelques paroles, change la monotonie de la plaine, en la coupant de huttes, de logis délabrés montés sur pilotis. Eaux insalubres et marécages abondent.

Après les temples et les pagodes, quelle chute du Rhin!

Peut-être y a-t-il eu fiançailles dans la raffinerie de sucre, cette hutte dans la brousse où tout est fabriqué de manière artisanale. Les deux familles, comme dans deux bouilloires, distillent un je ne sais quoi, une sorte de sucre noirâtre infect, gratuit, répète Montri, face à deux monticules de noix de coco sèches et sombres qui servent à extraire de l'huile, celle qui a bercé tes gémissements de déesse prête au sacrifice.

Quand la trahison s'est-elle enracinée dans ton corps?

À l'entrée de la fête, je revois deux petits enfants, un garçon et une fille, chacun portant un serpent bien enroulé autour du cou et du corps, pour que les touristes puissent photographier l'innocence intemporelle dans sa perdition.

Curieux que, sur leur thorax, on ait bien pris soin d'afficher le prix!

A-t-on même parlé des goélettes qui transportaient la dot? Seul ancrage à cette maison en bois, sur pilotis, sous laquelle trônent d'énormes amphores pour recueillir l'eau potable et servir, en cas de sécheresse ou de disputes conjugales, aux ossements que l'or nargue en s'y reflétant.

Cette maison est vide et tu ne l'habiteras jamais! Pourtant, elle t'était destinée, cette barquette suspendue, flottant au-dessus de vases à la mémoire inquiétante – sept ambassadeurs noyés parce qu'ils avaient eu la témérité d'intervenir dans les débats sur la foi et sur l'hymen.

Dans l'immense salle unique, comme dans la coque du bateau, l'on retrouve le coin toilettes, sorte de trou infect et nauséabond que tempère une eau à portée de mains, le coin cuisine, deux marmites cabossées en pleine détresse du vide, et le coin le plus savamment décoré, celui de la prière, avec tant de petits autels, d'encensoirs.

Les reliques bouddhiques monopolisent l'attention, parmi les innombrables photos du roi, les affiches colorées d'équipes ou de joueurs de football, et le portrait grandeur nature de Chowarit.

Tout tourne autour de cette virée en gondole à moteur infernal qui coupe le souffle à la parole et à l'écoute. Déchaînée sur des canaux étroits aux coudes inattendus, la vitesse carde le flux et le reflux de nos globules. La gondole des amants inconciliables tourbillonne sur elle-même à ras de vagues.

C'est dans la grâce et le calme des petites barques à rames conduites par des dames âgées, les khattabahs, que ta main, Koï, fut longuement marchandée. Ces vieilles mégères entremetteuses maîtrisent l'art – oh combien dangereux! – de manier les flots des désirs en dosant les louanges et les repentirs.

Chowarit se dit que seule Koï peut remplir sa vie, sa vie de semeur d'idées politisées qui veut changer le monde.

Ainsi il retourne le sablier de sa chance qui granule à vue d'œil ses migrations verticales dans le tissu social qui a fait ses preuves.

Le père de Koï se sent plate ligne horizontale de l'incidence dont il mourra.

Que fera-t-on de sa fille dans cette nouvelle semence? Dans ce marché qu'il ne contrôle plus de ses propres mains, la brèche s'ourle d'interdits millénaires. Chowarit en fait fi en terre acquise sans légitime défense et, au lointain, s'engendre le projet de vendre la floraison avant de la consumer.

Quand le mari abandonne ses privilèges, que reste-t-il du sang qu'on brandit en plein jour, sur les youyous d'un Orient mal ajouré?

Au pied des baraques campées sur leurs pilotis sauvagement rongés par l'eau bourbeuse, le marché flottant poursuit ses avancées dans les rites qui déterminent distributions et partages. Toutes les proies flattent ainsi leur nudité à domicile dans un cérémonial qui varie selon les régions. Le costume traditionnel du mariage est porté par des modèles dans ce hangar immense.

De belles jeunes filles habillées en mariées, comme ces poupées cadeaux vêtues de robes pailletées, surchargées de bijoux et chapeautées de couronnes d'or, sont plantées partout, près d'un buffle, près d'un serpent, d'un arbre, de meubles de bambou ou de rotin, d'ombrelles en papier peint.

Avant de se marier, le jeune homme thaï doit passer un certain temps dans un temple, chez les moines, pour se purifier et s'initier à la philosophie de la vie. Pendant ce temps, il ne doit pas toucher une femme.

Autrefois, le Bouddha était marié et avait des enfants, puis il s'est retiré pour méditer dans le silence et l'ascèse les plus complets, se coupant les cheveux pour se débarrasser des signes de beauté et de vanité.

Une tunique sépia, ou plus foncée, couvre le corps du bonze mais l'épaule peut être découverte à l'intérieur du temple. La femme ne doit pas toucher ni regarder le moine. Dans certains temples, elle ne peut ni ne doit entrer. J'ai vu le dessin d'un corps de femme barré et, écrit en toutes lettres, *Lady not allowed.*

On a investi beaucoup d'argent pour que les fiançailles aient lieu dans la pagode impressionnante de Phra Pathom Chédi, gigantesque cloche de cent vingt mètres de hauteur et qui contient des entrées en lucarnes à l'intérieur de cloîtres monacaux, aux pieds desquels se dresse un immense Bouddha debout! Le tout est perché sur une colline, entourée de jardins et de petits temples, de statuettes et de reposoirs, de grottes et de sanctuaires représentant pour moi une sorte de Lourdes, en plus grand et en plus impressionnant.

Je suis sur les traces de ces liens qui surgissent des cendres.

Je monte d'interminables escaliers décorés de cinq têtes de chiens de toutes les formes, croise moines et bonzes, touristes et gens du pays, qui se déplacent dans un va-et-vient incessant. Une voix tonitruante qu'un amplificateur rend assourdissante, raconte peut-être l'aventure d'un couple, au seuil de l'agence matrimoniale, *le Marabout du Destin.*

Koï, agenouillée, garde le silence derrière son père. Chowarit, fraîchement sorti du temple, purifié jusqu'à la moelle épinière, la dévore des yeux, lui aussi retranché derrière les barrières qui tracent l'interdit.

Des vœux s'échangent comme des oracles en haute mer. Ou est-ce promesses illusoires, diamantées, que reflète la peau basanée du fleuve Chao Phraya?

Et l'on parlera de cette tradition religieuse qui n'apprécie pas les voleurs de feu. Le mari, dans sa nouvelle imagerie de partage, propose dans l'ouverture ses bons offices à des magnats américains. Il sent déjà se dessiner la menace de la mariée abusée. Cri démoniaque dans un azur de paix.

Futur mari détracteur des questions mal posées, de cette féminité que Koï refusait de perdre sur le marché flottant des bourses.

Le sang peut-il pulvériser la raison?

La semence du terroir dans les nuits interdites n'engendre que des appels au meurtre.

Soir de réception, soirée de fête au Royal River Hotel. C'était là que je prenais un verre avec deux Anglaises, Dotty et Wendy, fraîchement débarquées de Londres. La conversation s'ajourait de rires et les deux femmes, belles et voluptueuses, provoquaient les regards diaboliques qui rôdaient en quête d'horizons sexuels. Chowarit et son ami Wattana, dans un coin du bar, ne desserraient pas leur libido vissée sur ces corps sensuels dans leur étrangeté.

Je ne sais comment ils se sont joints à nous et, après quelques instants, nous ont invités à aller danser dans la disco du coin.

Au centre, les corps ondulent sans suivre le rythme endiablé d'une musique excessive. Seule polyphonie, les projecteurs multicolores balaient la piste dans un désordre fragmenté qui donne l'impression d'une orange mécanique savamment orchestrée.

Mais avant d'arriver à ce lieu des délices nous avons échappé de justesse à un accident de voiture. Les dieux sont-ils intervenus, ou les mauvais esprits ont-ils daigné nous protéger? Est-ce tout simplement une chance au jeu de l'oie?

Nuit océane où les masques tombent, feuilles mortes vivantes, en proie aux illusions romanesques.

Ce soir-là, la boîte Paradise était bondée, les flashes de lumières détraqués. La musique empêchait tout parler, la fumée empestait avant d'étouffer, les projets tournaient dans les têtes sans jamais exploser.

Et je me suis excentré, non pour narrer, mais pour observer.

Après avoir commandé la première tournée de whisky, Wattana, cigarette magistralement clouée entre ses lèvres, lève arrogamment le doigt pour demander du feu, tout en ayant en main son propre briquet.

Curieusement, l'index est perçu et l'on accourt lui porter la flamme qui manque à sa Lucky Strike.

Les deux Thaïs n'ont pas perdu de temps pour réclamer, dans l'exubérance des saouleries, ce qui leur était dû.

— Nous voulons les Anglaises et tu t'éclipses avec une Thaïlandaise.

Chowarit me prend par le bras et m'entraîne dans un coin de la salle. En pleines ténèbres. Traversée dans l'encre noire qui m'enlève toute parole. Ce noir est falsifié parfois d'un jet de pile électrique, sur les spermes lumineux de garçons de café en fin de journées de flirts ininterrompus. Torches lubriques. Feux d'artifices, qui vous prennent au dépourvu!

Je fais, avec l'ami Thaï, un petit détour et, que vois-je?

Une immense salle éclairée au néon. Derrière une assez grande vitre, une cinquantaine de belles jeunes filles, assises sur des gradins de velours, attendant là qu'on les choisisse, comme des homards dans un vivier avant la cuisson.

Quel voyage au bout de l'énigme! Je ne peux déchiffrer, reste bouche bée, mon regard étourdi, mes oreilles incrédules. Je suis devenu momie.

On choisit malgré tout une fille splendide, une beauté époustouflante qui pourrait se nommer Achara, Anong, Katlaya, Koï, Priyalak, Buhnga, Vilaï, mais que l'on baptisera, pour la circonstance, May.

Dès que May parut à quelques feux des projecteurs en mal d'immobilité, les deux Anglaises comprirent qu'elles étaient les otages de nos hôtes et que je venais d'être rançonné!

Subitement, Wendy changea d'humeur, bouda en faisant la moue du scorpion, éclata en discours élogieux de son mari qui n'aurait jamais osé l'amener dans un pareil taudis de corruption. C'était la première fois qu'on lui faisait un tel affront!

Dotty, au contraire, sourit, se mit à plaisanter sur les hommes qui n'ont rien compris :

— Ce n'est qu'une escale sur le chemin de la croix, et moi, je bois mon whisky; allons danser!

Chowarit s'enroula autour d'elle comme un serpent pervers. May, médusée à mes côtés, m'entraîna vers la piste. Et, comble de malheur, elle se mit à m'apprendre à danser le cha-cha-cha en me répétant à chaque poussée de mon corps, *one, two, three, one, two, three.* C'était tout ce qu'elle savait dire au maître danseur reconnu dans cinq continents. Quelle belle leçon de compliments!

Me voilà, lourdaud, éléphant qui ne sait où poser ses pieds, me voilà gauche, maladroit dans ce ballet grotesque que personne ne peut imaginer.

Pendant que Wattana couvait Wendy récalcitrante dans un coin d'obscurité, May s'échancrait en sourires débordants de tristesse. May ajustait, sans mot dire, son corps à ma détresse.

Exode de sa peau amoureuse vers un client insatisfait.

Quand la racine du désir plonge et erre dans d'autres terres, il n'y a rien à poursuivre, il faut séparer les fleuves. Chaque roseau naufragé cherche sa grève siliceuse!

Les Anglaises attendent qu'on les reconduisent à leur hôtel. Moi, je répète à mes amis thaïs de dire à May, la fille louée, de rentrer dans son bercail. Elle est là encore pour vérifier l'addition et, je suppose, son allocation. Sur la facture, un seul mot *Cover charge 540 B.* J'ai payé la note. Les Thaïs me l'ont tendue avec le sourire. Ils n'étaient cependant pas près de partir.

Marché flottant conclu. Chowarit, saoul comme un Thaïlandais, veut bien reconduire en voiture les belles étrangères sans exiger de flairer leur joue.

Fin de soirée à l'anglaise, qui n'aura pas de suite.

Je rêve. Je vois, avec une clarté et une précision étonnantes, mon ami à la retraite, Pierre, dans son grand bureau à moquette orange. Il est au téléphone et le fil est tellement long que Pierre se promène en parlant à Françoise. Il me l'a présentée une fois pour que je sorte avec elle, « histoire de vous distraire tous les deux », disait-il. Dans ce rêve, Pierre, immense de corpulence, parle de moi. Parfois il s'étend sur le dos, parfois il fait les cent pas.

Présente à côté de lui, notre amie Wendy écoute, suit la conversation, attend qu'on lui parle.

Pierre continue en disant à Françoise :

— Mais tu aurais dû coucher avec lui.

Et Françoise de répondre :

— Je me suis mise en robe de nuit, en robe de soie appétissante, mon corps sensuellement exhibé à ses caresses, prête à faire l'amour, chatte en chaleur que l'aube aurait dû marquer de ses digitales. J'ai même préparé une caméra pour qu'il me prenne nue. Mais qu'a fait Virgulius ? Rien !

Je me suis mis à raconter calmement à Pierre :

— Non, ce n'est pas vrai. J'avais envie d'elle, mais j'aurais voulu qu'elle se donnât, offrande, en toute liberté. Je n'aime pas détourner les fleuves par des digues acharnées !

Et la discussion se poursuit ainsi quand je vois deux petits animaux à fourrure, à la fois splendides et hideux, ressemblant à de beaux petits lapins ou à de gros rats monstrueux. Mais ils ne sont ni l'un ni l'autre. L'un est noir, l'autre est gris. Ils tirent deux sortes de museaux ou de langues, leur tête bizarre cherche à lécher. Je crains que mes pieds nus ne soient léchés par ces animaux. Cette peur me fait sursauter, je me réveille, et je me rendors à moitié.

Flash rêve bis. Mon père promène en voiture toute la tribu. À un moment, il s'arrête pour aller voir son amie. Je descends avec lui, laissant attendre le reste du groupe. Il va vers l'Ouest, je vais vers l'Est. Je le devance auprès de l'amie, belle femme, grande et fardée. Je me concentre sur sa splendide dentition et sa bouche qui s'arrondit sensuellement. La dame est debout dans une cabine cubique de bibliothèque. Je vois les deux parois en bois. Elle me dépasse, essaie de s'asseoir pour être à ma hauteur et me parler.

— Je t'aime empiriquement, je coule en toi, douce, je me vends dans tous les journaux.

Quand soudain, mon père apparaît, rayonnant, ni fâché, ni satisfait.

— Ah, c'est mon fils qui est dans tes bras!

— C'est bien, dit la dame, tu vois qu'on a commencé!

Je me retourne vers mon père :

— Je n'ai fait que t'annoncer.

Mon père ne m'a jamais lu.

Un jour, dans un avion qui me transporte je ne sais où, j'ouvre le journal et je lis : « Mort de Chowarit Sali-Tu-Las dans un accident de la route à la sortie de Bangkok ».

CANTO VIII

PPEL à la mort exaucé avant que le bourgeon soit décimé. La fraise menstrue dans ses feuilles immaculées. Ainsi éclatent les pépites nuptiales, ainsi fleurit le blasphème à l'ombre des prières.

Quel désordre, quelle zizanie dans cet archipel de mots ici réunis à Bangkok! Poètes et artistes, venus du monde entier, sont présents à l'ouverture des débats. Elle n'a pris que trois heures de retard! Le roi devait être présent. Il fut copieusement remplacé par les éloges que les charlatans ont bien voulu singer.

Dans ces lieux, pas de Soldat inconnu, ni de gerbe de fleurs déposée. Chaque militaire porte glorieusement d'innombrables rangées de médailles.

Il faut démêler les sillages du savoir, aujourd'hui importé, des chimères d'images pleurnichardes, de la découverte de la vérité concernant l'accident qui a mis fin au mariage.

Avant que l'on se penche sur les passions écrivantes et meurtrières, conflictuelles et politiciennes, notre Afrique mit en scène une minute de silence mélodramatique et bien calculée qui a pris tout le monde en flagrant délit spirituel!

Nous sommes à l'écoute, chair défaillante, esprit ameuté, séduit par cette montée de l'aube dans son invariance et son évolution.

Koï, devenue Phi, ou est-ce Chowarit Phi transformé en Thewada?

L'esprit incendie le mal à l'embouchure d'une banane.

Est-ce l'amulette qui porte son fruit?

Phi prend possession de sa victime, Chowarit fait des folies à découvert d'écailles et d'habits.

Une fausse manœuvre E.S.P. propulse, dans l'ordre du langage, vers l'accident qui fait envie à la rive immuable!

Koï, agenouillée, mains jointes en prière, brûle l'encens dans la Maison des Esprits soigneusement décorée d'or et de reliques, souvent consultée pour un espoir à exaucer. Prière d'un Phi de l'anonymat.

Par Shiva, père de l'univers, par Hanouman, roi des singes qui a pour père le dieu vent.

Le multiple de l'interrelation constitue la réalité fondamentale de nos êtres fragmentés. Le sous-jacent, havre de la science de l'âme, réclame son dû.

Koï thaï vient de vivre dans son corps les hiéroglyphes de la momie, serpent qui mue et reluit.

Une page d'angoisse taciturne brûle en elle comme un feu de forge à exorciser, éclat dernier du jour sur les remparts en ruines qui ont vu tant d'immolations.

Dérive de la fange qu'un mari en mal de nouveauté veut faire passer en se faisant lui-même asperger.

Il n'y a pas eu appel de mort dans les entrailles grumeleuses et déferlantes de la prière, des super-stitions, des sorcelleries, et il n'y a pas eu tuerie à bout portant avec un revolver.

Le pouvoir des mots, des mots sanguins, met en branle l'art raffiné du territoire verbal, et cela fait tourner les têtes.

C'est à Bangkok que les colleurs, racoleurs et décolleurs de verbes se sont réunis pour voir clair dans cette histoire de maux qui les enchaîne comme la goutte de rosée au lotus, les inscrit dans l'identité, tel un rappel au port familier de l'enfance.

J'ai demandé à Koï de venir assister à cette foire aux verbes, aux alliances qui marient corps et esprits. Peut-être trouverait-elle chaussures à nos territoires ternaires? Mais elle n'a pas bien saisi le sens de cette invitation surgie de l'éternelle quête de ma lignée.

Et pendant que sa sœur Joy renifle profondé-ment un flacon minuscule d'essence de menthe, fourrant sans cesse le goulot dans ses narines, Koï me lance ce cheveu sur la soupe :

— I need you.

J'ai alors l'impression vive et bizarre qu'elle a cherché dans son dictionnaire thaïlandais une ex-pression approximative, une équivalence boiteuse de sa pensée profonde dont je ne saurai pas le fin mot.

Peut-être viendra-t-elle au Palais des Rencontres pour nous accompagner à l'aéroport?

Dans cette foire aux correspondances et aux compensations verbales, chacun transforme le moin-dre accident de la vie quotidienne en épopées de mièvreries, en légendes marchandes.

Quelle agonie d'entendre l'histoire des momies présentée ici comme la seule planche de salut!

Qui bat le record des distorsions et des banalités, le chaos des perceptions et les aberrations des amours mythifiées?

Dans ce palais de la croyance, une seule lingua franca utilisée, l'anglais.

Tour de Babel à stridence pseudo-unique où cahotent les accents rocambolesques et les tonalités de l'arabesque, anglais-thaïlandais, anglais-chinois, anglais-indien, anglais-japonais, anglais-congolais, anglais-javanais, anglais-philippin, anglais-russe, anglais-hongrois, anglais-malais, anglais-arabe, anglais-bulgare, anglais-grec, anglais-italien, anglais-roumain, anglais-tamoul, anglais-anglais, anglais-américain.

Confusions de langues dans le va-et-vient de l'ego.

Claquements de portes plus loquaces que les intervenants du beau dire.

Amours nouvelles, visions d'avenir, l'air et la chanson du temps.

Éloge des regards sur le fleuve Chao Phraya.

Appel des marionnettes barbues dans les éclairs du soir. Ville musée, capitale en ruines, Ayutthayâ. Gratte-ciel des mémoires. Le bol de riz, couronne des démunis.

Le mot est-il dangereux?

Sauvegarder l'allégresse en période de mutation.

Orienter le cours des fleuves pour que l'estuaire accueille en grand-parent les avatars de l'idée divine.

L'épreuve de la conscience artificielle.

La mort survenue dans la séduction de Koï thaï, les Maisons des Esprits mises en cause?

Les mille et une tribulations de l'origine, qui éclate, métamorphose profanatoire des barques montantes des intégristes de la mémoire.

La rade devant l'enjeu tue à bout portant l'innocence. Marées obscurantistes, incontrôlables appels de feu, cible masquée dans l'incurable lutte des ornières. Variations du Pygmalion phréatique en temps de guerre, en temps de paix. Rituels et interrogations de la marche du Caméléon. Lieu des mots, et jeu des mots dans l'assassinat du guetteur de la liberté, résurrection d'une vision postmoderne du réel.

Quelle drogue inventer?

Rire avec les ouragans sans outrager les éléphants, vivre le monde avec plaisir en idéogramme, sans repentir.

Noukta, monsieur Point, arrondit les fins, lance quelques compliments sentant le sacrilège, et passe le micro à d'autres voix rouillées.

Monsieur Pierre Blinduel prend la raison par les cornes, se met à rimailler, à alexandriner, à couper les mêmes tranches d'antiques résonances, soporifiques alternances des arguments, plaidant des causes déjà entendues il y a deux cents ans!

Révolution de 89, où es-tu?

Le verre des bons entendeurs est vide aux neuf dixièmes, et Blinduel s'attend aux félicitations de monsieur le ministre de l'Intérieur.

Or, qui lit ou qui écoute les délits? Certainement pas ceux qui les commettent. Le monde est sourd à l'appel! Même les poètes ne s'intéressent pas à la poésie d'autres poètes. Et pourquoi clamer la métamorphose dans les catacombes des polyphonies?

Scabreux, l'art de culpabiliser les envies. Chowarit voulait seulement offrir au prix fort le petit doigt épousé dans sa tête de promoteur cassant la loi du marché. Tant de croyances comblent le vide et régissent le déferlement des œillères. Ces frontières brisent les horizons, et les orientations sauvages font que la vie pieuvre dans les ténèbres et que figure de proue s'étoile, transgressant la mémoire à l'orée du renouveau.

Noukta continue d'arrondir les angles aigus, les angles obtus, sans briguer aucun poste, profère des félicitations aigres-douces pour huiler la transition aux énoncés, aux jugements qui ont, en fin de compte, la même couleur, la même tonalité.

J'apprends le solfège d'un nouvel équilibre, je n'essaie pas de réformer l'endoctrinement qui monte à l'assaut des territoires poisseux.

Elle, je sais qu'on la lèche du regard, mais on n'entend pas le chant de ses entrailles.

Poésie en difficulté d'être dans le vécu, dans le rentable. Elle n'est que sirocco en état d'involution-révolution.

Koï thaï est de ce monde et n'est pas dans son monde. Elle a du mal à respirer, son mal est en amont comme tout ce qui est similigravure nouvelle et sérieuse.

Elle prend son vecteur.

L'amant, le lecteur, le graveur, le pilote, le modulateur, le fuseleur, l'incubateur, le marcheur, le voitureur, le traîneur, le scripteur, l'orateur, le meddaheur, le navigateur. le motocycliste, le tuk-tukiste, le capitaliste, le marxiste, le tiers-mondiste, le marin, le chérubin, la femme-jardin, l'homme qui a faim de tendresse, ceux qui virgulisent les phrases pour vivre les suivantes.

Montri me demande de faire partie du jury, et il me faut lire des manuscrits, consulter des corps, peser des silhouettes et déclarer la mort, acquiescer au vide, proclamer la vie, m'attarder sur le qui-vive et oublier l'ennui.

De longues discussions roulent entre les membres du jury venus de continents divers. L'état des lieux parle de lui-même, parfois s'accorde mal au retour du rythme, à son orgue de barbarie, parfois le charme de la rime et l'émotion de l'inattendu transmutent l'incertitude vis-à-vis des lois et des règles du jeu.

Sur cinquante lieux d'écriture, dix fois les continents cherchent leur mer. Chaque arête est une conquête apprise par cœur. Des ritournelles connues et les échos rassurent.

Toujours cette quête de la racine est mise en état d'indisponibilité; une probabilité s'enlise dans un naufrage qui fait couler des larmes. Toujours cette hantise de l'origine dont la majorité pluraliste ressasse la déchirure qui a détruit, à leurs yeux, l'unité enrobée de méfiance entretenue.

Et pour découvrir les avaries à l'arrêt, il faut se lever tôt. Quand ça marche, on perçoit les vibrations, les craquements, alors on peut intervenir.

— Et je vous le dis, continue Blinduel, nous sommes gouvernés par des arsouilles. En Allemagne on leur paie les lunettes et les dents. Et vous savez, j'ai dessiné sur papier un rectangle et quatre roues, et voilà le corbillard que vous aurez comme voiture.

Et ces superdragons viennent chez vous en libérateurs! Mais les dettes, qui les paiera? C'est bien nous! Que l'Europe se fasse, j'en suis flatté, parce que ça les fera chier, les Grands.

À la retraite depuis des années, j'ai perdu ma famille. En général, ce sont les hommes qui s'en vont les premiers. Mais on a tout robotisé. Avant, on embauchait les vieilles pour poinçonner, et ça leur faisait un petit appoint. Maintenant, on saute par-dessus tous les contrôles. On resquille, on vous vole, c'est la tyrannie des monstres. La robotique.

— La poésie n'est pas médiatique, retenez cette phrase, dit Blinduel qui continue :

«Sortir du ghetto de la télé, faire des autodafés de l'argent, il va falloir achever.»

Achever qui? Achever quoi?

Sa mémoire plie bagages, elle ne fugue plus et il répète, perroquet de l'histoire :

— Il leur restera, à nos cnfants, le Corbeau et le Renard, la Cigale et la Fourmi, le Lion et la Souris.

Pas de sida verbal dans le cas Koï thaï. Le poète est, par essence, menteur. Non, c'est qu'il est mauvais poète. Il y a mille et une façons de mentir sur un air de vérité vraisemblable. C'est ça, l'art, effet du logos, de l'imaginaire qui se métamorphose en pure référence à la réalité tangible et convaincante. En finir donc avec les vieux mensonges.

Dire la vérité sans fard sur cette mort suspendue en testant les limites de l'interdit. Bourrasque fanatisante d'un vers qui n'a pas trouvé sa terre de prédilection.

Qui se sacrifie sur l'autel de la célébrité? Dans l'inharmonie sexuelle, qui peut sortir de sa tour d'ivoire pour trouver des promoteurs?

Il suffit d'un mot pour que des bâillonneurs de cratères sortent de leur somnolence. Quête intérieure, voyage de l'invisible déontologie humaniste aux divertissements pascaliens.

Lecture et relecture retournent sur les lieux du crime ou de l'enfance, tout en évoquant l'enjeu des masques qui passent comme une lettre à la poche du postillon.

Et c'est la soirée de distribution des prix dans l'un des plus luxueux hôtels de Bangkok.

Dîner buffet sur lequel trois cents personnes se ruent et se bousculent, l'un pour attraper une cuisse de poulet, l'autre un bol de riz, l'un des rondelles de saucisson, l'autre des crevettes gélatinées, l'un du pain et du beurre, l'autre une sauce pour relever l'appétit, l'un des boulettes de viande, l'autre des légumes. L'un ne sait pas où entasser sa nourriture, l'autre, l'assiette vide, a l'air de mendier une dernière tranche de vie, l'un, hagard, renverse son verre de vin, l'autre demande à son voisin de lui prêter main-forte, l'un reçoit un coup de coude en plein ventre et n'obtient rien, l'autre essaie de mieux se placer pour ne pas manquer de se vautrer dans la nourriture gratuite, l'un se lèche les lèvres en attendant de se servir, l'autre, face aux mets offerts, ne sait plus quoi choisir, se remplit deux assiettes de mangeailles succulentes qu'il ne pourra jamais finir. L'un s'excuse de vous passer devant le nez et, arrogant, arrache tout sans vergogne, l'autre, timide, prend son courage à pleine bouchée, fonce comme un taureau vers les assiettes à entasser. L'un oublie le couvert, revient, hargneux, à la charge. L'autre, ayant tout renversé par maladresse, balaie du pied les condiments sous la table et reprend l'assaut comme la première fois.

L'un se fait serviable, vous passe une cuillère de crabe qui ne manque pas de piquant. L'autre vous tue du regard parce que vous avez piqué une brochette de porc avant lui. L'autre contemple, béat, le poisson qui navigue vers d'autres lieux. L'un se plaint du prik, ce piment redoutable qui galvanise les palais. L'autre se laisse admirer pour sa dextérité à manier les baguettes.

Les noms des trois lauréats sont égrenés. On en voulait six! Les coupables, consternés, traversent penaudement le flot des compliments. Les victorieux sont embarrassés par leurs diplômes géants. Ils ne savent plus où les déposer.

Je veux être le sismographe de l'époque que je vis aujourd'hui!

« Belle formule » m'écrira Françoise dans une carte envoyée des États-Unis. « Et avec tout cela, ton nom, Virgulius, n'apparaît pas dans le nouvel annuaire. »

Sa carte représentait un petit diable tout nu, flanqué de deux ailerons, essayant d'équilibrer son corps d'enfant sur un fil électrique, relié seulement à un pilori. L'autre bout flottait en l'air, dans un arrière-fond nuageux sur lequel se détachaient trois petites virgules en forme d'oiseaux.

Dans cette éruption d'échos, Françoise n'a pas oublié de me rappeler à l'ordre en citant, au cœur même de ses points de suture, ce début de poème de Fernando Pessoa tiré du *Bureau de tabac* :

Je ne suis rien
Je ne suis jamais rien

Je ne peux vouloir être rien

À part ça, je porte en moi tous les rêves du monde.

Ai-je vraiment besoin de Françoise pour me rassurer et affirmer mon existence? Sa fumée, comme celle du bureau de tabac de son Pessoa, me fait mal aux yeux. Je suis allergique à cette fumée qui m'aveugle et me fait pleurer, à cette haleine fétide qui laisse sur mes lèvres des brûlures atroces.

Heureux de dégrapher par mes mots ce tournant de siècle, en attendant le jour où les astres pourront se dépouiller.

Émergence de sang nouveau dans le module éclaté de la transparence.

Même les bonzes enturbannés, qui punissaient de mort les pirates des capsules mystiques et mythiques, se mettraient à féliciter ceux qui franchiraient le fossé, ceux qui auraient oublié les principes de loyauté à la beauté classique, aux mariages, aux religions, aux maux des poètes et à toutes reproductions.

CANTO IX

Voyage au bout du bruit, voyage au bout du vent, on est tous venus fêter le verbe aux spirales d'alcyon, cette demeure de l'écoute, de l'interaction en proie aux souffrances et aux jubilations, et vendre peut-être l'ego, que seul le silence parcourant les mots peut nommer.

Voyager dans le cœur de Koï thaï, femme cité aux excroissances planétaires, à l'invisible aventure que seule la fin des mots dérivant à l'infini peut narrer.

Comment éclairer ses ombres psalmodiant la mélodie de son identité intime tout en mettant en question ces insolences du mot, cornes de brume qui tentent de la saisir en plein midi méditerranéen?

Et j'entends déjà Françoise, ma langue, ma déchirure, ma majrouha, guetteuse d'élans figés, prête à me condamner :

— You are eu peine in ze asse, dit-elle en son anglais de Queen qui reste lamentablement français. Et là je ne fais que poétiser ta méchanceté! Tu ne t'es pas retrouvé en ce petit diable qui te va comme un gant. Quand tu empruntes ma langue, à quoi tu t'attends?

Françoise a le talent de me culpabiliser, non seulement quand je nomme le silence, mais aussi quand ma cargaison de mots flotte sur la vague houleuse des destinées, quand ma pointe aux âmes burine la densité de l'émoi, quand mes sculptures de marbre ou d'ébène charrient la parole dans les veines de nouveaux rivages. Quand...

Ma bouche me démange. Elle ne veut ni légitimer son propre beau parler, ni remettre à Françoise une histoire bien ficelée avec cette fin hollywoodienne qui apaise ses soucis et lui verse une décoction magique pour la renvoyer à son oubli.

Françoise fait l'indifférente parfaite, tire sur sa cigarette l'essence de sa vie, puis jette, arrogante, ses volutes, apocalypses que je proscris de mes imprévus qui cassent les fausses idoles.

Quand pourrais-je la sortir de son nombrilisme de gourou? Monsieur et madame tout-le-monde ont-ils besoin de leur propre famille pour s'identifier au triomphe de leurs héros, dragon ou bergère, à ce best-seller dont les recettes suscitent des appels au meurtre?

J'hésite souvent à jeter noir sur blanc mes saignées dans la glaise intemporelle, ces visions dans l'océan profond du désordre, qui constituent ma présence dans ce monde.

Volonté de vie dans les interstices de l'oubli et des mémoires.

Et je refuse de suivre le tracé d'avance, cette dualité infernale devenue monnaie courante dans le monde de Françoise qui explique :

— Tu sais, en musique il y a la gamme tempérée, qui représente la masse stable d'énergie, et la gamme liée qui, elle, est plutôt mobile, comme la musique arabe ou orientale non structurée.

— Tout art est une mise en phrases, dis-je, le chant grégorien évolue dans les cathédrales, les chants coraniques dans les mosquées, les incantations bouddhiques dans les temples, le jazz dans The Empire State Building. Architecture et musique se répondent en harmonie et dans l'autonomie de leur génie.

Et si, dans le Palais du Bang-Pa-In, j'ai fait revivre Koï thaï au royaume de l'histoire hystérique, ma mise en scène lunaire l'a peut-être tuée à coups de plume. Peut-être, à coups d'éclairs solaires, la rosée perlant sur mes lèvres s'est-elle faite oralité d'augure corrodant les frontières les plus absconses.

Et saura-t-on jamais le jour où Koï, lotus fermé sur lui-même, se mettra à pourfendre les horizons, telles les méduses géantes, les peaux de soie que j'arbore, cocardes sur les flancs de mes écrits?

Pourquoi cet appel de mort dans cette fleur charnelle du sillage bangkokien? Et que dire de l'effroi qu'elle aura à l'idée du retour par la tangente de l'amant ou du mari, réel ou hypothétique. Fougue. Arrêt. Tournant. Colère. Indignation. Vision. Chutes de Goliath qu'en Atlas je porte sur mon dos, graphies continentales.

Que de chemins de Damas et de chemins de croix! Pour cette liberté de pensée troquée par des médias convulsifs sur nos chaînes tentaculaires.

Et se jouent dans les coulisses les luttes du pouvoir de succession et les droits de cuissage, tous les empoisonnements des affaires relationnelles de sexe, de classe, de parti, de croyance, de nation, de continent, de mer et de tous les procès au sens propre et au sens figuré du terme.

Accueillante Thaïlande aux couleurs subtiles et douces qui va vers vous la moitié du chemin, rencontre mitoyenne d'un bouddhisme pragmatique malgré les clichés d'évasion qui pourrissent dans les limbes de l'indécis.

Que fait Koï pendant que je parcours le labyrinthe des sensibilités intercontinentales réunies par la fréquence amplifiée du verbe alcyonique, par les satellites aux carrefours étoilés, par les modules de mémoire et d'amour dans l'orbite planétaire qui enregistre à peine les balbutiements orientaux, occidentaux, africains, asiatiques, ces mélodies cathodiques?

Je suis en terre promise aux tractations de flashes, *instamatics,* et j'essaie de déchiffrer les dérives dans cette démocratie amoureuse sans cesse assaillie par ses propres touristes militaires, cette révérence absolue à la monarchie des regards lubriques, ces voix de compromis s'ajustant à chaque individu, ces liens que les Thaïs prisent entre partenaires des sources éjaculatoires et des courbures d'échines, entre gouverneurs des terres marécageuses et gouvernées de la groseille.

J'écoute poliment un discours à l'ombre charnelle de mes désirs. Koï, absente, disloque le cours de mes aurores dressées et les images qui m'ont traversé.

Weena et son frère viennent nous séquestrer dans leur piège de *package deals.* Ils offrent des prix si alléchants qu'on peut se permettre d'aller à Chiang Mai pour quelques jours, mais impossible de se rendre à Phuket, cette île de l'océan Indien, écho criant de la Riviera et de la Côte d'Azur. Ville sans intérêt, où s'allongent cependant de belles plages et des fronts de mer en bordure de cocotiers, à la limite d'oasis de jungle. Mon frère siamois y tient, mais nous n'avons pas le temps de faire le tour d'Éros. Weena promet des cadeaux, qu'on ne verra jamais. Elle empoche les chèques et nous voilà liés à elle, à ses goûts, ses choix, ses calculs et ses plans comme des feuilles blanches qui attendent l'élan d'une écriture arborescente. Déception payée d'avance qui nous fait reculer à l'arrière-goût du connu.

Je rencontre une Japonaise de Tokyo, professeur d'allemand et petite poétesse. Ses tics nerveux font que son corps se convulse à chaque mot émis, surtout lorsqu'elle ponctue ses phrases par *Ass-hole*, pour dire *Ah oui!* J'imagine, en l'écoutant, ces *trous du cul*, lapsus dans le spectacle de sa vie compréhensible dans le détour anglais de l'autrui. Elle continue à secouer son corps qui vibre au son des arrondis, maudit obstacle qui s'agite dans les épines de l'interdit. Elle raconte qu'elle est allée aux Chutes du Niagara et elle les a beaucoup aimées.

— J'adore cette eau qui dompte la terre et les rochers. J'en ai fait un haïku qui se vend sur tous les marchés. C'est ça notre révolution au Japon, travail et continuité dans la propagation.

On échange des adresses. Des compatriotes viennent la chercher. Elle disparaît dans un caquetage qui lacère et la différencie des Thaïlandais.

Dans le bus qui nous conduisait au banquet des réjouissances, il fallait voir ce Coréen, assis près de moi côté fenêtre, mitrailler le paysage, de son appareil photo. Quelle habileté à changer, en un tour de main, les lentilles et les téléobjectifs! Quelle dextérité à choisir la scène à croquer!

Une fille roule entre ses doigts une pâte malléable, la trempe dans une sauce et l'avale, à la manière des bédouins qui mangent le couscous avec les doigts.

Une agglomération d'enfants feuillettent des livres ou de vieux journaux tout en bavardant.

Un groupe d'adultes attend le bus. Chacun porte son expression, beaux visages aux palettes diverses qui réverbèrent les préoccupations personnelles.

Des devantures de magasins, des étals de légumes et de victuailles, de chaussures, d'appareils électriques, de bibelots, et de petites gargotes où des gens se nourrissent en pleine circulation, cohue, pollution.

À ma droite, un Mexicain couve de son œil morbide sa femme qui s'échancre en gentillesses et compliments. Il ne sait comment la prendre, soulève une fesse pour se pencher sur son trésor acquis. Elle, gênée par trop de complaisance, se rebiffe et le gronde. Il s'aplatit, chien docile rentrant au bercail de l'habitude.

Quant à l'Anglaise, elle cherche Smily, son Malais, nouvellement conquis, disparu sans laisser d'adresse dans la traînée des commérages. Son père, paraît-il, est décédé. Rappelé chez lui, il a quitté le Palais des Rencontres en oubliant ses bagages, l'amour pour l'Anglaise et les promesses d'usage.

Le départ du sourire n'a pas su extirper le suc du chèvrefeuille anglais. Et la voilà lancée vers d'autres trafics pour raviver le désir estompé par trop de demandes bruiteuses. Asphyxie dans le marchandage déplaisant et les querelles contrariantes. Tout disparaît; elle retiendra le sourire thaïlandais qui maille les énigmes comme une rose sur le point de s'épanouir.

Que d'Indiens à l'accent de curry poursuivent l'Américaine Rosemary! Enflammé par son décolleté, Riten lui offre un bouquet de ses pamphlets d'orateur lyrique. Candide, il croit conquérir cette statue de la liberté que tous les ports étrangers ont rejetée. Quelquefois, ils l'ont brûlée en effigie juste par curiosité quant à leur façon d'être. Achyra réussit à coller un baiser sur la joue de Rosemary qui rougit, mais, désarmée, vacille devant tant d'audace. Que dire à cet humaniste ingrat, représentant l'Inde *in true sense* et qui vient d'abroger la frontière naïve et gracieuse de Rosemary, distributrice généreuse de leçons éculées! On lui court toujours après, comme cette tache bosselée qui s'étend, matière grise qui vous empêche de dormir.

Posséder Rosemary dans l'humidité de la nuit. Que sa cuisse reconnaissante récompense les attentes! Américaine gardienne des simulacres dans le sacré du rêve. Que d'humiliations débarquées sur son rivage!

Après tant d'éloges sclérosés de Krishna aveugle, naviguant dans sa peau revêche, prince, condottiere qui se fend le cœur, tremble, vidé de sa noblesse, juste pour l'amour du regard hautain de cette déesse du jour.

Les Chinois, eux, applaudissent en prenant la relève quand passe Rosemary, sourire givré, épinglé sur leur détresse, et puis les courbettes empressées jalonnent les rues. Rien ne se brise dans cet illusoire qui ondoie et salue du bout des lèvres. Elle est là, diamantée comme une carmélite qui reçoit le flux des bénédictions. Tout lui est dû. N'est-elle pas la polychromie du jour qui fait voltiger les papillons? N'est-elle pas la statue de sel que toutes les sources crèvent d'envie d'abreuver?

Quand son visage ardent se flétrit, tout le monde se précipite pour le dérider.

Si l'Américaine semble glisser entre les doigts comme une eau bénite dans le bénitier des circonstances, le Philippin, lui, bardé de soie flottante bariolée, pose à tous les coins de rue de la ville hospitalière.

Une équipe de télévision couvre et enregistre ses pas, ses moindres mouvements sont photographiés pour la postérité. Inconnu, immobile face à la caméra qui avale ses pellicules en amont des regards curieux, il pérore, arrogant, ses cheveux grisonnants flottant, dans l'air poisseux, comme la roue d'une queue de paon. Il ramasse des séquences de vide qui meubleront sa vie, des images au fil des jours, qu'il n'aura pas choisies. Et le voilà qui interroge le frère siamois.

— Que pensez-vous de notre corps imagé qui prépare un coup d'état en vertu de l'oralité?

Mais est-ce bien la question de ce facétieux, qui se prend au sérieux? Je crois plutôt que Virgulius lui prête la parole. Ainsi se construit le destin, qui nous guide et nous trahit.

Et le frère siamois de répondre :

— Modeste tentative d'ouverture, de démocratie, dans un tiers monde qui se consume. L'ogre unique le conduit vers sa perdition. Et il ajoute :

« Quand l'explosion démographique perle rageusement au bout des queues, il faut que toutes les conques à voix multiple marronnent contre la tyrannie de la majorité. »

Et l'on parle de la désertification des crânes qu'il faut enrayer.

Le Philippin n'a pu mettre le holà à la fertilité, d'où cet attroupement constant qui le suit, à la manière de ces aigles voraces tournoyant autour de la ville. D'autres se sont cachés sous le pont pour consumer à loisir les détritus de la malchance. Ceux-là ne seront pas photographiés comme alibis aux manigances.

— Le pays est dans de bonnes mains, des mains de militaires, dit le Philippin, et pendant que le Russe Boris quémande l'amour de Rosemary, ergoteuse et aguicheuse, cette Américaine qui n'a pas su garder la sveltesse d'une bouteille de Coca Cola, lui, pense à son *Corazon,* amour de demain, pétales flétris par son esprit, et qu'il distribue à pleines mains. Distribution qui rappelle les *martinitza* bulgares données ou envoyées à tout le monde pour souhaiter un bon printemps plein de santé et de succès.

Virgulius participe à l'aventure mot à mot. Parfois il perd son latin, comme les repères de la ville. Qu'a-t-il fait, sinon se projeter dans les silhouettes scripturales des autres, fragmentant de sa poésie les bombances des jonquilles, les cimes verdoyantes que côtoie la nature louvoyante?

A-t-il le droit, sans se trahir, de posséder la chair anonyme, la vulve de texte sans amour, le clitoris des disjonctions passionnelles sans toucher de son propre doigt la fin du non-retour?

Il crée sa révolte de Bangkokien, et Koï l'accepte et l'accueille tel quel, rauque et âgé, sur le bout de son petit doigt. Sans pétulance, elle le module dans l'orbite de son silence, roi des vagues à venir. Il est chez lui dans le lotus des partages et des souvenirs. Mais il est aussi dans la peau de l'artichaut, toutes épines dehors, sous les feuilles un cœur tendre qui fait rayonner les goûts du fruit défendu. Qui aurait dit que Virgulius tisonnerait de son silex la pulpe des racines fraîches et révolues?

Françoise, la blondinasse aux yeux verts, vient d'atterrir dans le sourire d'ivoire de Kofi, le Ghanéen, devenu comme par talisman marionnette dans ses mains. Et je l'ai vu quérir l'eau minérale pour étancher la soif de sa conquise, ou est-ce lui le conquis tournant dans la main de Françoise comme une toupie? Kofi, fier comme un jour naissant, l'a possédée la première nuit. Elle s'était mise nue dans son lit en attente d'un goupillon d'ébène qu'arborait un corps gracieux et luisant. Nuit des tensions et contractions qui se liquéfient dans la joie cérémonieuse du recueillement.

Et le lendemain, Françoise s'est trouvée, comme par hasard, assise dans un taxi, pris en commun, sur les genoux de Dick, le barbu américain. Et c'est l'amour au royaume des icônes. Kofi, abandonné, tourne sur lui-même dans une transe qui sculpte les ombres langoureuses du défi. Il ne dira rien.

Françoise s'excuse du bout des lèvres, son aurore s'est trompée de jour. La veille, elle s'était donnée sans trop croire à l'amour, alors qu'aujourd'hui...

Elle ouvre son estuaire rougeoyant gazonné d'or paille. Dick, le *king size* conquérant, la pénètre comme s'il entrait dans son port. Ont-ils rejoint la mer douloureuse de l'amour instant, celui qui, comme le *thin air*, flottille en vagues nébuleuses et succulentes au fond du temps?

Françoise est comblée. Elle traîne partout ce regard satisfait, son corps à califourchon des races et des réputations. Sa voix persiste à propager en commérage délétère mon corps d'ébène, de bronze et de diamant, mon corps détourné du cours du réel et des effets.

Corps illusion dans la logographie incarcérée du temple. L'allée de perspective corrige à notre insu la fabulation, tel l'obélisque de la Concorde offert par Mohamed Ali. Louis-Philippe, en retour, lui fait cadeau d'une horloge qui a défiguré la mosquée et n'a jamais marché.

Après avoir discuté longuement avec un Russe marié à une Coréenne, tous deux divorcés et remariés, comment pourrais-je lire l'entre-deux? Comment varier les orientations du corps illusion? Changer les habitudes de ces bons pères prêts à vendre leur fille pour payer le terrain à acquérir. Il y a toujours les ablutions qui purifient. Tout est dans l'esprit.

Que peut-on faire quand les mandarins ne veulent rien changer?

La cérémonie finale est pitoyable par la longueur des discours et la bêtise des propos, écouteurs séquestrés dans les lieux sacrés des nullités. Quelques moments passables, quand deux ou trois Indiens ont psalmodié leurs poèmes en langue tamoul et hindi au lieu de lire la version anglaise.

On m'offre un beau livre illustré, *La Thaïlande :* «*Sept jours dans le Royaume*». Je suis embarrassé. J'ai honte. Je ne l'ouvrirai jamais. Je préfère vivre dans la foule et dans le corps de la femme orchidée, cueillir mes propres images, humer les parfums de cette terre qui m'accueille comme un fils né dans son sein.

Nous prenons un taxi pour l'aéroport, Koï marchande le prix, nous accompagne et reste avec nous jusqu'au départ pour Chiang Mai. Dans le restaurant climatisé où nous avons pris un jus d'orange, elle a froid, se met à trembler. J'enlève ma veste et la lui pose sur les épaules. La voici couverte de ma chaleur. De ma vie, je n'ai jamais vu femme comblée par tant de bonheur.

Mes points cardinaux s'harmonisent. La foudre pourrait s'abattre sur cette offrande. Aucune détonation possible.

— Si j'avais le pouvoir, j'arrêterais le temps, dit Koï en frappant à la porte du silence, juste au moment où je passais la ligne des vérifications.

CANTO X

L E départ estompe un pan de vie. Des résidus d'images surnagent, faisant saillir leur arête aiguë dans la grisaille du jour que la mémoire dissout à notre insu.

Dans ce voyage merveilleux au cœur de la *Rose du Nord,* nous avons vécu l'amitié tacite en quête de traversées heureuses, l'esprit en feu à la rive abrupte de l'incompris qui s'intègre aux vagues vivifiantes du familier.

Je revois mon frère siamois caresser les beaux bras nus d'Anong, moulée sensuellement dans une robe de velours rouge, chargée d'invites illicites qui font bander les ressorts brisés! Je la vois se cabrer quand la main mâle frôle ses seins. Pourtant, elle insiste, elle pourrait faire venir dans vingt minutes la belle aux désirs ardents qui masserait à loisir le corps endolori de mon ami.

Ainsi, elle vante la chair de sa chair.

Et l'ami se prend au piège du sol soyeux et du rêve doré où le sexe d'ombre pourrait fleurir dans le fleuve houleux de la vierge asiatique.

Elle n'a que quinze ans et elle est vide de pensée. Un coup de fil l'amène, comme une brebis innocente, à l'abattoir des songes. Ce cœur n'écoute que le trébuchement de l'argent, payé dans cette cave d'opium dont la noirceur dévie parfois un lampion en mal de flamme.

J'écoute la musique aigre-douce d'une voix féminine lécher un micro cornet de glace. Elle fait fondre les cœurs de marbre, telle une sapotille, qui laisse un arrière-goût dans la bouche.

Les pourparlers se poursuivent dans les entrelacs des mésententes. Anong s'échancre en sourires pour convaincre le frère siamois d'emporter sur son aile crépusculaire cette jeune proie extirpée de toutes les nuits, prête à prodiguer corps et caresses, à vider l'énigme de la chair qui assiège les désirs indescriptibles. Et elle est là, toute fagotée de rouge, maladroite dans ses gestes, ne proférant pas un seul mot. Que dire quand on vous conduit, à quinze ans, au sacrifice pour abreuver de ferveur le seul bon monnayeur?

Et je contemple la scène, le cœur révulsé. L'embarras se glisse dans mon corps comme une couleuvre froide à l'errance de captivité. Pierre continue à discuter.

— Je te préfère toi, Anong, c'est toi dont j'aime la peau, les cuisses, le sexe.

S'adressant à moi :

— Dis-lui de renvoyer cette malheureuse qui n'a ni la beauté, ni la sensualité de l'entremetteuse. Même si elle est plus jeune, elle ne peut être l'esclave de mon soleil couchant.

Anong ne comprend rien.

Je tente, en vain, d'expliquer le silence et je quitte les lieux dans la sérénité des Sûtras.

Plus tard, le Siamois me dira qu'il a payé deux cents bahts pour que l'enfant rentre en taxi et cent bahts à Anong pour avoir attiré l'oiseau rare qui n'a pu entrer dans son lit.

— Entre-temps, dit-il, j'ai furieusement caressé cette fille svelte et élancée, dont la peau satinée est d'une douceur adorable. Je l'ai humée et désirée comme l'étoile du matin. Je lui ai demandé de venir briller dans ma chambre au minuit de Vénus.

Elle s'est écriée :

— C'est impossible, je me ferais renvoyer de l'hôtel si jamais j'acceptais les propositions des clients! Je suis là pour les servir à genoux, leur proposer des filles, mais pas pour me jeter dans le brasier de leur désir. Je fais mon travail dans les seuils de la patience et de la franchise. L'année prochaine, quand tu reviendras, je monterai avec toi. Prends cette fille, elle sait y faire, elle sait caresser. Elle s'exécute sans mot dire, et sans laisser d'empreinte.

Le père du désir refuse, préfère la serveuse. Et je le comprends, mais ce genre de transaction me démembre.

Je revois Kalaya, la superviseuse, en tailleur noir, s'agenouiller devant les clients pour leur demander ce qu'ils voudraient consommer. Et elle chuchote des secrets que je ne pourrais déchiffrer. J'admire ses courbes et ses sourires de loin. Et, en moi, je répète son nom susurré comme du velours, un pétale de rose. Je déguste à satiété ces syllabes lumineuses, belles, étranges et allongées, aux échos proustiens, mais je ne ferai pas Catleya dans cet univers de braise, au moins pas comme un enfant qui bat de l'aile.

Elles étaient belles et jeunes, toutes habillées de blouses blanches, prêtes à prodiguer tous les plaisirs du corps. Elles étaient une douzaine, virevoltant comme des colombes de paix sur le palier des portes, attendant qu'on leur ouvre les chemins perdus de la débauche. Le garçon d'étage nous invite à choisir une de ces masseuses entraînées professionnellement à extraire du corps, comme des chefs d'orchestre, les notes les plus récalcitrantes, d'instruments pas toujours bien accordés!

— Je vous garantis que vous serez enchantés et ce n'est pas cher, nous dit-il.

Il continue à vanter cette chair excédentaire qu'on ne sait où placer en fin de soirée! Les pourparlers se poursuivent pendant qu'elles donnent l'impression d'être occupées, tournant sur elles-mêmes, se lançant quelques nasillements pour remplir le temps. Tant de discrétion finit par devenir voyante.

Faire l'amour ici n'est ni agressif, ni victorieux, ni linéaire, c'est se contenter de prodiguer du bonheur sous le regard d'autrui, c'est déployer son corps à la rotondité des sensations qui se veulent récit approuvé. C'est Vénus dans une nuit qui dure le temps de l'œillet, éphémère et mirage de lumière. C'est épuiser dans les artères le sang qui inonde les dieux.

Je vois les paupières qui s'abaissent, attendrissantes dans les pluviers du parfum.

D'autre part, il y a dans l'air une neutralité occidentale qui m'effraie. J'ai honte, car je me sens humilié dans ma chair de farang. Est-ce la bonne conscience de mon enfance qui surgit, scorpion de la douleur, ou est-ce le puritanisme nord-américain, rétabli à la moindre défaillance de mon inconscient? Ma désapprobation est peut-être futile.

— Ces femmes font leur métier. Elles gagnent leur vie, dit le garçon, un peu cocardier.

Le temps s'allonge, Pierre s'attarde à triturer de ses mains tachetées de rousseur une chair douce, dans un couloir qui ne mènera à rien. Je déterre un alibi pour ne point froisser l'offre :

— Une autre fois, ce soir ma femme m'attend.

Le refus est accepté avec le sourire et des remerciements et le *thank you* devient *sink you*. On ne saura jamais si le remerciement, à son insu, n'est pas l'impolitesse du conscient, un moyen de nous faire avaler par la terre, fragments noyés, dans la virginité de la mer.

Une fois dans ma chambre, je me souviens du premier chauffeur de taxi, celui qui m'a amené de l'aéroport à mon hôtel. Il n'a pas arrêté de parler pendant tout le trajet – une heure et demie – et répétait sans cesse, comme un leitmotiv lancinant : «Tout peut s'acheter ici, il suffit d'y mettre le prix. »

Quelle exploitation éhontée, bouleversante, au grand jour! Dans la vérité qui aveugle. Au-dessus du pays blanc, une malédiction où les partenaires ne sont jamais à armes égales.

Bain de foule où je perçois ce mélange de Laotien et de Birman. Des Thaïs plus foncés, moins entreprenants. Dans cette ville de province qui pourrait être un faubourg de la capitale, Koï devient notre guide *free-lance*, détachée au préposé du verbe. Moi,

Virgulius, je suis le pachyderme dans le jardin fleuri, près de la pagode où mon cœur s'initie et se purifie.

Je pourrai toucher Koï lorsque tous mes doigts seront égaux. Seules mes empreintes digitales différeront. Dans le temple, qui était jadis lieu d'éducation, d'abstinence et de purification, medersa et monastère à élever l'esprit de la gangue des trois mondes, celui du désir, celui de la forme et celui de l'immatérialité, je suis présence et absence à la fois dans la tendresse d'une lunaison, lunaison en accord avec les règles qui évacuent le sang vicié de mes nuits talismanoïaques. Traversée de mon identité pulvérisée dans le cycle du muguet que sauvegarde la clé palpitante de l'enfance.

Je suis comme cet éléphant blanc du Doï Suthep qui, portant les reliques du Bouddha, au quatorzième siècle, s'est arrêté net là, à cet endroit élu parmi tous les lieux, sur cette colline, à douze kilomètres de la ville où il fallait construire le temple. Il paraît qu'il a fait trois tours du lieu choisi pour indiquer qu'il ne voulait plus poursuivre la route. Il y est mort. Et si les gens ont continué à voyager dans la jungle, ils se sont rendu compte qu'il fallait ériger là un chédi et un wat. Le roi Kuena fit enterrer les reliques et, en haut d'une belle esplanade, au flanc de la montagne, il fit construire une grande pagode d'or, des cloîtres bourrés de bouddhas d'or grandioses, de belles rangées de cloches de toutes les tailles. Site merveilleux qui fait rêver. Aujourd'hui, on y accède par téléphérique, puis on redescend par deux cent quatre-vingt-dix marches.

Éléphant, roi du sensible métamorphosé qui évite le serpent, prince des contradictions.

Éléphant, preuve ultime de la séduction, lenteur du sensé, marieur des régimes. Calme, prestance et silence qui séduisent les réticences.

Moi qui ai su propager la raison de la ligne droite, le doute qui déclenche la pensée, je succombe à la joie artésienne de Koï, qui résiste aujourd'hui aux frontières nationales comme elle l'eût fait hier au fascisme ou à Hitler.

Ici, pas de fana qui déferle sur le pays de Koï thaï.

Tous les cultes des militaires et des bouddhas transitent comme l'huile de sésame limpide dans le corps de Jivita.

Pas de marée noire qui lacère les eaux.

Les oiseaux en adultère survivent, lichens de solitude qu'un encens primordial ramène à la roue du partage.

Françoise, surgie du néant, comme ces silhouettes qui, en sol africain jaillissent à l'improviste de nulle part, me répète sa phrase bateau :

— Tu resteras toujours le touriste.

— Dans la manivelle du temps, dis-je, la vie est un petit fleuve boueux. Il charrie parfois les éclaircies qui rompent la monotonie.

— Tu as toujours le mot pour rire, ou pour te moquer!

Ma luciole, sur le fleuve, monte une pièce qui a pour sujet les temps immémoriaux d'une femme disparue et retrouvée. Mon nom donne à voir et à écouter la Nouvelle Héloïse bicentenairisée faisant sa révolution devant les mariés de la Tour Eiffel.

Et vas-tu comprendre cette sortie de la chrysalide? Cette brisure du cordon ombilical, telle une tige de nénuphar tailladée et que l'on nomme ici lotus bleu?

Le carême est terminé. Chiang Mai, tout illuminée, prépare sa fête des Lumières.

Nous traversons les Portes Sauvages, arcades de palmiers et de rubans dressés devant les temples, les hôtels, les taudis. Les couleurs marient leurs contrastes dans les bordures de l'uni.

La ville est quadrillée de canaux, le long desquels on plante trois rangées de flambeaux individuellement allumés. Chacun reflète, dans l'anarchie de sa flamme, un scintillement inédit que reprend la rivière dans son nid.

Une fois l'an, au gré du vent, les canaux moroses accueillent les reflets de joie illuminée, au jour de la purification.

Cette nuit de pleine lune du douzième mois lunaire accapare les esprits.

Effervescente, Chiang Mai expose les traces généreuses de l'oubli que chaque habitant tient à faire reluire dans un geste qui le nie.

Nous prenons un tuk-tuk après marchandage qui coupe la pomme en deux. Brinquebalant, le tricycle pétarade tout son saoul. Nous sommes emportés dans des nuages de fumée.

Nous nous accrochons à nos âmes, nous, incrédules, nous allons vers la lumière d'un autre monde, d'une autre foi et l'on nous dépose, corps entiers, au coude du fleuve Mae Ping, face à la mairie.

Les stands s'érigent à tour de bras. Les étals alignent vainement leurs rubriques hétéroclites qui résistent à tout emprisonnement.

Les souliers en plastique font la nique aux rayons de saucissons.

Les salopettes pudiques rayonnent mieux que les *Lacoste* et leurs dragons.

Chaque espace vide est occupé et il faut vendre et acheter sur fond sonore assourdissant.

Une voix nasillarde amplifiée narre une histoire décousue que personne n'écoute. Elle est en compétition continue avec une musique indistincte, déroutante, rythme occidental à l'américaine qui prend le dessus, rythme oriental serpentant à la thaïlandaise.

Et fusent les cris, les pétards des enfants qui effraient les passants lointains et proches. La ville est en recueillement dans la débauche de l'ouïe. Certains sursautent en riant, certains, effrayés, se bouchent les oreilles. Des index fonceurs bloquent l'écoute. D'autres allument des bâtonnets, étincelles jaillissantes qui égaient de leur grésillement l'atmosphère polluée qu'on respire dans l'insouciance.

L'odeur des viandes grillées dévie l'odorat vers un avant-goût de festin, cependant la vapeur des cuisines ambulantes ne peut étouffer les tuyaux d'échappement.

Triomphe incessant du moteur qui vampirise l'oxygène de la vie pour vomir un gaz toxique que nul ne fuit.

Paradoxe de l'Asie électrisée de réjouissances et polluée par une modernité importée et sa piètre décadence.

Je n'ai jamais vécu un environnement aussi épuisé. L'air qu'on respire étouffe par sa nocivité. Les bruits empêchent de se parler. Chaque centimètre carré est judicieusement exploité.

Mais personne ne s'en soucie, ni les vendeurs, ni les clients, ni le maire, ni les habitants des palaces ou des taudis.

Et tout le monde sourit. Ce sourire en plein jaillissement du spontané éclaire les visages, prépare l'accueil, enchante les regards et remplit de sérénité.

Ce soir, la ville est en fête. Sifflements, retraite aux flambeaux. Mais tout cela a goût d'Occident dans le dédain ou l'incompris des traditions. Même cette écriture, la mienne, trahit l'essence et les gestes de cet Extrême-Orient.

Je n'ai plus honte, je suis libéré. Je suis intimement lié aux yeux bridés de Koï, à son nez busqué, à sa peau. Non, je n'ai pas changé de masque, je n'ai pas permuté ma peau. J'ai vécu dans le cœur d'une Asie qui palpite au rythme de nos corps.

Et je n'ai pas les mots, je n'ai pas la langue pour décrire ce beau chant des flambeaux. Si je peux dire ce qui m'unit à son sourire et à sa nuit, ce n'est ni dans ma langue, ni dans la langue de bois, mais dans celle où j'ai pu pénétrer, le temps d'un sourire, à fleur de ses émois.

Mes mots de français m'entravent, forment écran, comme ces remparts en ruines, vestiges des haines des Birmans, ces remparts irisés de torches flamboyantes, aveuglément disposées.

Je tente, par mes tâtonnements, de rendre à Koï les lèvres d'un César qui n'appartiennent qu'à mon passé.

Or le fleuve s'impatiente au crépuscule qui tourne si vite la page d'un jour maladroit. Je n'ai fait aucune prière et l'on m'accorde le droit d'être aux tourbillons véridiques d'une mystique sans mystère.

Quelques gouttes d'eau purifient le cœur et les artères.

Ce matin, une inconnue sans beauté aiguise le désir de son regard de mystère. Elle explique d'une voix feutrée :

— Les maisonnettes des dieux tutélaires, plantées à l'entrée des domaines, servent à se faire pardonner d'avoir pris la terre au Bouddha, Lui qui a tant donné!

Elle s'incline à chaque passage, consciente de sa dette, qu'elle paie en gracieuses courbettes. Et elle nous exhorte à prendre part aux festivités.

Après avoir passé la caserne des pompiers aux camions rutilants, nous suivons la rue Nichayanon et arrivons à la rivière. Là, tous les Chiang Maiens bivouaquent au gré de leur esprit. Les vieilles femmes fument, les jeunes pétaradent, les adultes se ravitaillent, marchandent, achètent, mènent leurs petits au rite qui purifie.

À droite, le pont Nakorn Ping, en face, sur l'autre berge, le temple ou wat See Kong. Ce monde arrête le temps dans le tumulte. Loy Krathong va briller de tous ses feux sur les rivières et sur les klongs.

Je laisse derrière moi le Night Bazar, les piétons, la police qui barre les routes. Subrepticement, les arbres s'illuminent. Leurs branches ampoulées sont des étoiles blotties dans une froide nuit. Sur les gradins, les chaises vides attendent les hautes personnalités. Tous ces va-et-vient chamarrent l'espace. Leur bruit irrite.

Je deviens l'arbre d'abondance, aux branches perlées de citrons dans lesquels on a mis des pièces d'or, des pierres de jade. Tous les trésors de l'intime rêve de feu, l'offrande d'un chant qui pacifie le cœur porteur de multiples visages.

Je descends avec mon frère siamois, mangeur de magret de canard et de foie gras, sur les berges en bambou.

Nous, les farangs, venons, dans le recueillement, mettre à flot nos couronnes en offrande partagée.

Une pagode pyramidale, toute cernée de fils électriques, d'ampoules et de lampions, me regarde d'un œil réconciliateur.

J'endosse le rite de la différence dans la joie d'un nouvel amant.

Je plante un cierge de miel et trois tiges d'encens dans ma chaloupe. La flamme se met à prier comme une âme en feu. L'encens parfume de sa fumée les larmes de cire, pendant que les feuilles de lotus ravivent le sourire. Ces feuilles en dents de scie multicolores couronnent ma roue de mousse blanche tapissée de feuilles de bananier.

Je lance ainsi mes péchés de l'an passé, mes mauvaises pensées, sur le flot de la rivière qui les emporte.

Mon embarcation, d'abord seule, se perd dans l'anonymat après avoir rendu hommage et respect au sourire bouddhique et demandé pardon à la déesse de l'eau Pap Nae Krongka.

Mes voisins lancent leurs nacelles aux décorations plus élaborées. Certaines regorgent de riz et de fleurs; le cierge unique et les trois bâtonnets d'encens forment le cœur. Les barquettes couronnes sont entraînées par le courant. Je vois le fleuve s'embraser de myriades d'îles illuminées.

La nuit s'ensoleille de ses malheurs. Un ciel tiède accompagne ce brasier, lumière de chair qui ondule dans l'harmonie d'une anarchie non planifiée. Infini charme de la vie qui bouleverse mes frontières.

Je deviens invisible aux flux de la lumière. Et je ne suis pas en état de méditation. Mon corps bien positionné, ouvert telle une feuille à la greffe de l'écrit, le sourire de nirvana dans le mektoub de Koï.

Un silence de trève bannit le tintamarre du temps.

Dans l'image du sourire, tourbillonne le mot *dire*, derviche tourneur de ma pensée. Une attitude passive attire comme un aimant. Rien de cette maîtrise de l'esprit. Pas de millefeuilles de conscience. Un bol renversé, nature vraie de l'éveillé, où je marche en aval de moi-même, accompagné d'Erzuli, déesse de l'amour et de la beauté. À nos côtés, Damballah-Ouèdo, dieu des sources et des rivières.

À travers la magie d'Haïti, mon Afrique était ici entière dans la souffrance et dans la joie émaillant mon intermonde. Je ne fais que remonter le flot de mes sources, arc-en-ciel de l'intuitif vibrant de tous ses émois.

Mon cœur excentré vogue dans la merveille d'un spirituel qui éblouit en dépit de lui-même.

Moi, l'irrigateur du simultané durable, je suis ici ressuscité en éclairs qui lacèrent les nuages, font déverser les pluies des saisons futures.

Et ce vaudou débridé, la transe de mes radeaux, la hadra de mes derviches, le dharma qui finit les transmigrations ne sont pas encerclés dans l'ego, ce héros du non-dit.

Un défacement s'exerce en silence dans l'espace ambigu du mythe, vérité d'une vacuité, grand véhicule de l'existence même.

La joie de l'énergie insolite me fait remonter au septième ciel du réel.

Ici, point de Virgulius. Le fou du village m'accueille, volubile en sa langue maternelle, où j'apprécie l'allongé des voyelles et la retenue des consonnes obsidiennes. Je crois comprendre qu'il a tout orchestré, des feux d'artifice aux barquettes en bouquets fleuris, le riz qu'il faut mettre dans le rire de l'abondance et les bouches qui lèchent leurs plaies comme une écorce bavant son suc.

Ce festival des lumières magiques remonte au règne de Rama IV. D'autres légendes le situent à sept cents ans dans le passé. Quant au royaume de Sukhota, la belle Nang Noparmart a révélé sa beauté et son art.

Elle fait flotter des loy, ou petites coupes en feuilles de bananier, juste pour Krathong ou pour se passer le temps et s'amuser.

Après que furent charriés tous les désirs en une nuit, la nuit seconde, c'est le kranthong yai, ou le grand amusement.

De l'individuel, on passe au collectif des parades et des flottilles.

Nous assistons à ce faste grandiose.

Je revois encore les bonzes, aux visages diaphanes, vacillant dans la foule comme les flammes frêles des bougies qu'un courant calme fait glisser vers l'infini.

Des flammes entourées de couronnes florales mortuaires se croisent parfois, s'embrassent et se séparent pour regagner la solitude de l'âme en carême.

Ainsi s'unissent l'éclipse du verbe et la renaissance annuelle de la chair.

Immensément pollué dans la joie, le fleuve se réveillera demain, la peau granulée du noir des feuilles fanées, et tachetée de blanches rondelles de mousse, *styrofoam*, taillées dans la monotonie de l'uniformité. Des nattes de fleurs royales le flèchent de leurs couleurs.

Et c'est l'orgie des débris qu'il faut évacuer.

Ici, les mains ne font que se joindre en signe de prosternation. Sans grief, la nature excédée ne garde pas rancune. Elle absorbe, par sa patience, les royaumes d'ombres, les engloutit dans le flot de ses racines.

Et demain, c'est le départ vers d'autres crépuscules, vers d'autres matins, d'autres absurdités. Aucune nature morte ne peut les épuiser ni de sa force, ni de ses contours tendres, ni de sa cohérence, ni de l'incohérence des flots.

Le séjour à Chiang Mai nous sculpte comme des fugues dans le miroir musical des profondeurs. D'autres offrandes de miel et d'abeilles dans la végétation croissante de nos chambres muselées.

J'emporte avec moi des nœuds d'images insolites à élucider dans la chaleur du regard. Ma nasse est pleine de pierres précieuses. Elles virent leurs angles vers l'archer et vers la cible, deux facettes du même visage qui s'autogénère dans mon souci de vérité.

La joie au flanc du fleuve ne lâche pas prise.

Nu dans la foule, je demeure l'opposant et l'opposé, le sujet flamboyant et l'objet de Koï cité.

Toute cette quête de l'interrupteur allume et éteint à force d'unicité.

Quelques bribes de phrases jalonnent ma nostalgie.

Je déguste le baiser virginal qui fait verdir mes idées.

Cette rose, je l'ai cueillie, rivage transparent que je serre, deux pages de livres, la sphère des amants.

Je sens la courbure des reins, ma tige irisée comme un pinceau amoureux m'arrache à mon univers et me peinturlure déjà sur les gouaches braisurées qui naissent.

Ardent retour au tintement de bronze doré, le sourire bouddhique accroché en collier au cou de l'éternel assoiffé.

Je reviens briller comme une luciole gigantesque pour être dans la norme des choses. Et ma lumière naturelle, comme ces décorations inattendues, donne au fleuve et au logis, outre leur cours majestueux du quotidien, les miroitements splendides des jours de fête.

CANTO XI

SUR tous les fleuves du pays, comme sur le Chao Phraya à Bangkok, naviguent les dépouilles des fêtes des Lumières. Ainsi vont nos corps, mannequins funèbres, transportés par vagues, se reposer loin, dans l'horizon qui unit ciel et eau.

Tamaris, bananiers, cocotiers, agaves, soucis, se déploient vers les courbes exactes qui signent le texte improbable des animaux, et puis la fleur dok kim, pointue, bombée, fend l'espace, telle l'intelligence aiguë souhaitée dans les vœux de velours, à la racine même de la nouvelle lunaison.

Séisme de nos corps, Koï rajuste de son maï soï, baguette pareille au piquant du porc-épic, la coupe de ses cheveux noir jais.

Moi, je soulève d'instinct un sourcil qui lustre mon visage comme une feuille d'olivier. Toutes nos mauvaises pensées se sont envolées, comme ces oiseaux dont on vous mendie la liberté, en cages d'osier triangulaires, sortes de berlingots français, à présent vides. Nous sommes libérés.

Tout est purifié.

Mais ce n'est point le mot, ou peut-être ne représente-t-il pas nos nouvelles façons de nous sentir dans notre peau. Je ne parle pas pour Koï, je la sens chair différente et identique, palpitant dans mon cœur qui n'est rien d'autre que son nid.

Et si nous nous sommes inclinés devant la *City Stone*, en hommage à cette clé qu'il faut avoir vue avant d'entrer dans la ville, courbés devant la Maison des Esprits pour rendre à Bouddha ce qui appartient à Bouddha, et si nous avons fait des offrandes de lotus, de bâtonnets d'encens et de petites plaquettes d'or que nous avons minutieusement collées sur tout le corps du Vénérable Éveillé, ce n'est pas parce que nous croyions à une mystique infaillible, nécessaire à notre survie sur cette terre de damnés. C'est parce qu'à la base de notre foi œcuménique, les caryatides géantes ont trompetté la nouvelle ère d'un siècle, à un tournant de route, tutélaire de nos pensées, et parce que nous sommes nés sous le nouvel arc-en-ciel des fois qui barattent dans nos veines, sans jamais hurler leur croix christique, leur étoile de David, leur croissant lunaire ou leur roue bouddhique.

Je ne décris pas ici un rêve ou un idéal, mais la réalité vécue au bord du Chao Phraya sur lequel je chevauche avec Koï, en module téléguidé par l'ordinateur de nos mémoires qu'un clown miteux, sorti de nulle part, tente de miner.

Nés de nos cocons maléfiques comme deux chrysalides de bon augure, deux aurores croisées dans l'hybride de la surprise, nous nous préparons à un khantoke, dîner traditionnel, suivi d'une danse folklorique classique, le ramakien.

Retournés à la terre après avoir surgi de la terre, nous sommes assis devant des tables basses sur lesquelles on a mis quelques bols de riz et des baguettes. Les sauces et les ragoûts de viande et de légumes se succèdent, leur relevé piquant croissant jusqu'à la limite du tolérable.

En face de nous, le drame lyrique évolue au son des xylophones, tambours, gongs, cymbales, pipeaux.

Koï suit, fascinée, séduite par la perfection de l'exécution, évoluant elle-même à l'unisson de ces figures codées et connues, prévoyant déjà la suite et le dénouement.

Koï semble couler de source, serpente comme le fleuve. En sourdine, son être chante sous sa peau, pèlerin de la lumière qui inonde ses pores. Elle est près de moi, et elle est transportée par la virtuosité d'un art ésotérique dont je reste seul à reconstruire les données.

Sur les lieux scéniques se nouent et se dénouent les figures lourdement maquillées, jouant à visage découvert mais incarnant des personnages typés qui ne laissent rien transparaître de la personnalité de l'acteur.

Virgulius-Rama, corps liane explore tout le décor de ses points cardinaux, remue les pierres tombales et découvre des pièges en points d'interrogation. À l'horizon, des stèles en attente de noms. Il chorégraphie le vol du Phénix s'élevant des flammes et des cendres.

Chowarit-Totsakan est ressuscité, nouvelle force de la nature capable de séparer corps et âme pour devenir immortel. Il dessine les chiffres des tractations. Sa femme, alibi des pourparlers, reste immobile et silencieuse au centre des débats. Elle est l'atout du spectacle solaire, impossible transparence défaisant le crépuscule.

À Chow-Tot qui exige le partage, ce sacrifice nécessaire à sa vie, se joint l'allié Montri-Naga, serpent d'essence aristocratique qui vit indifféremment sous la terre et dans la mer. Montri-Naga pique toutes les femmes abeilles qui butinent les fleurs épanouies. Hécatombe douloureuse de corps meurtris. Le cérémonial immole la folie dénaturante.

Certaines fuient le mâle, divorcent, ou se retirent pour s'épouser elles-mêmes, se combler et se gratifier de leur propre *je,* apprendre à jouir de leur moi, restaurer la carte du tendre dans la peau de leur émoi.

Mais le drame se corse. Dans la tête de Virgulius, la guerre des sexes n'aura pas lieu selon le mode traditionnel des deux armées qui s'affrontent, au cri de *Mesdames, tirez les premières,* par souci de galanterie et de bonnes manières, mais selon l'éclatement imprévisible d'un terrorisme d'idées, gros sel dans le brasier des mégapoles.

Ainsi, à la faveur de la nuit, Rama-Virgule se prépare à détonner dans la malédiction mystique du légitime, à susciter les contradictions pour que, génétique, l'amour surgisse dans le champ de l'imaginaire, imprévisible générateur des contre-récits. Il ne s'agit pas, pour Ram-Vir, de porter la zizanie dans le savoir et le vouloir du couple des quatre saisons, mais de faire bifurquer l'amour dans la branche inattendue des résurgences de la vie prophétique, verbe réveil banni de nos jours dans l'ennui mortel d'un sommeil de routine.

Dans sa légitime défense, Ram-Vir est assisté d'Hanouman. Ce roi des singes a pour père le dieu du vent. Et soufflent l'acrobatie et l'audace, coupant et recoupant les signes doués de sens, les réciprocités qui font jouir, l'offre et la demande qui comblent le désir.

Contrairement à la légende, Hanouman n'use pas de sa ruse pour mener le combat. Il esquisse des pas de deux qui font trépasser les maladroits inauthentiques bardés de leurs costumes de brocard et de soie.

Les corps des danseurs disparaissent. Seules les mains, et leurs doigts agiles, disent la fécondité, la naissance, la transmission de la vie.

Ballet de doigts, visée d'écriture, cet inédit déploie l'égarement de ses possibilités.

L'index pointe la rupture au sein de l'histoire.

Le majeur trône l'immortelle malédiction de Totsakan.

L'annulaire, discret, annule la flamme incestueuse qui hallucine.

L'auriculaire, lucide, chante la nouvelle vie au minaret des jouissances de soi.

Le pouce, opposable aux autres, approuve, pour une fois, le compromis qui voit naître la main réconciliée.

Je suis les mains qui dansent, illustrant mes réactions en communion avec l'action décodée à coups de sondes d'imaginaire. Koï n'a point besoin de référent à ce spectacle qui l'approprie. Et je scrute sans défaillance ces échos de mes souvenances crépusculaires.

Je suis presque hypnotisé par cette chorégraphie qui m'égare et me conduit à la fois aux chemins de ronde. Koï, surgie de l'art et de la mémoire, Koï thaï posséde cette vérité syncrétique et révélatrice du tout.

Je ne suis plus le farang, étranger victime de la polka du miroir, passant de mains en mains, reconnaissable dans la galerie des signes, mais l'ébauche de la lumière pourvoyeuse de terres où nous allons vivre, hommes et femmes, l'espace d'un éclair, l'étendue de nos êtres nus dans la conscience inexorable et prégnante de la mobilité.

Le spectacle du règne de l'imprévu se termine avec fantaisie et sans excès.

À la surprise générale de la foule, une petite fille blonde, inconnue, s'avance vers Koï et vers moi et se met à pleurnicher.

— Je suis allée danser sur la scène à la fin du show et on s'est moqué de moi. They laughed at me. They laughed at me.

— Mais non, lui dis-je, they laughed with you, not at you. Tout le monde a ri. Et je l'ai invitée à un rock and roll en aparté, avec nous. Elle était si heureuse d'avoir trouvé ces partenaires inattendus, à la naissance même du désir. Elle se tortillait le corps à en faire perdre le souffle, puis elle swinguait une fois de mon côté, une fois du côté de Koï, équilibrant instinctivement ainsi le balancier de la remontée du temps.

Elle maîtrisait parfaitement son corps, le faisait rimer au son de cette musique asiatique, découverte éblouissante et qui lui procurait un bien-être infini, une souplesse inédite. Splendidement décontractée, elle exprimait, par l'élasticité de ses gestes, sa joie de vivre avec nous, instant magnifiquement rythmé dans le temps et l'espace unique de l'extase. Nos corps suivaient chacun son chant intérieur; pourtant, ils s'harmonisaient, formaient un ensemble intuitif dessinant l'esthétique nouvelle. Achara! Nous lui avons donné ce nom, murmuré simultanément, comme si nous nous étions entendus, Koï et moi, depuis des siècles.

Achara porte son nom comme le visage naturel d'une rose de printemps. En réalité, cette fille de nos entrailles, ardente clarté d'un instant privilégié, conçue de la rencontre des sourires, s'impose comme la fortune sur les lieux des renaissances.

Elle nous a choisis, couple avant la lettre du baiser, dans l'esprit des jours sublimes qui dissimule peut-être l'horreur parentale mutilatoire de l'essor individuel.

Achara nous a nommés contagion de joie, lampada inédite de voix, rondes multiples dans les conques de l'espoir, nouvelle existence à l'horizon de l'immixtion.

Achara, cime d'allégresse sur les rivages de la tristesse du couple d'aujourd'hui. Demain nos fleuves intermédiaires miroiteront la marche de nos rêves, merveilleuse destinée aux rythmes éternels de tous les concerts du monde.

Achara grimace, espiègle et malicieuse, petite diablotine qui fait le clown pour éclairer ce premier caprice d'un jour et d'une nuit. Vingt-quatre heures d'embellissement du monde, rien que pour vivre à la hauteur de ses vibrations profondes, les superficielles et les sous-jacentes, l'impulsive vague de ses désirs et l'intention calculée de son projet, naître avant la lettre dans ce croisement de bonheurs qui dit son nom.

Pirouette, Achara, dans nos cœurs ouverts en nénuphars, accueillante tendresse parentale dans le dépouillement de la blancheur.

Elle s'amuse, revient à la charge, basculant ses hanches comme un navire en détresse. Son corps de femme naissante jubile d'allégresse. Elle refuse de manger et se met à dessiner avec ses feutres de couleurs.

En un tour de main, elle me tend le premier tableau.

En bas de l'immense feuille blanche, deux êtres qui vont en sens opposé, mais se regardent en tournant la tête pour se sourire et s'admirer. Lui est tout en vert, il porte un bouquet de fleurs. Elle est toute en mauve, elle tient un paquet cadeau bien ficelé. Leurs visages sont de la même couleur, rose. Lui a les cheveux marron, elle, jaune paille. Lui porte des souliers noirs. Quant à elle, on ne lui voit pas les pieds. Sa robe se termine en queue de poisson et borde le cadre de la page. En haut, Achara écrit *fraternité.*

À Koï elle tend le deuxième dessin, intitulé *égalité.* Un immense soleil à gauche de la page avec de nombreux rayons de tailles inégales. Deux nuages bleus voguent dans la blancheur, à droite du soleil. En bas de la feuille, deux femmes identiques de taille, de couleur et de forme. Tricots bleus jusqu'au cou, mains gantées de rose, jupes rouges, visages roses et cheveux bruns. Ces deux êtres se ressemblent comme des jumelles, sous le soleil et les nuages.

Une fois ces deux œuvres remises, elle disparut comme elle nous avait conquis.

Nous nous sommes alors retrouvés dans les rues affairées de Bangkok. Les visages des passants avaient l'air de mannequins perdus. Seuls les petits enfants s'auréolaient, comme des carrefours lumineux, tissant cet air mystérieux et silencieux qui livre ses secrets en craquant l'arbre de la vie.

Tous ces enfants, non scolarisés, remplissent les rues, brassent l'avenir du vide qui le comble. Les privilégiés, instruits, miment la voix dérisoire qui émousse l'épouvantail du pouvoir dans un hoquet à quatre étoiles.

Mon frère siamois, Pierre, tente lui aussi de capter ce renouvellement difficilement perceptible dans la foule. Aussi passe-t-il tout son temps à jeter sur le papier des croquis rocambolesques pour les sculptures qu'il commencera une fois rentré chez lui.

Comment cueillir ce fondement poétique qui naît sous nos yeux et nous aveugle? Comment saisir ce fluide de pureté décapitée par le désir, cette innocence imprévisible glissant en moi comme un cosmos lumineux?

J'émets un énorme rire contagieux qui serpente jusqu'à Koï, prise dans la symphonie de ses amours, Koï, proche et lointaine comme une reine de vie et de mort dans le jardin fertile de mon être.

Koï n'a plus de raison de retourner sur ses pas.

Elle est là, rayonnante à l'aube d'une renaissance fantastique. Elle sort du temps circulaire où elle était cernée depuis son enfance.

Et elle revoit le père légendaire attendant la fin du mois pour se faire soigner et nourrir. Ce père vénéré qui l'a vue grandir dans l'indifférence, tel un beau cactus dans le désert des sentiments. Ce père qu'elle a touché seulement du bout de silences pesants. Ce père qui, adossé au tamarinier, s'est abstenu de faire circuler les corps de ses filles dans les égouts des déchéances, non pour sauvegarder une quelconque pureté, mais pour laisser libre cours à la destinée.

À l'image du père revisité dans le cœur des souvenances, Koï sent son corps suinter une eau parfumée qui la fait frissonner comme un tambour battant la chamade des soupirs. Surgissent dans cet univers grelottant Montri, évocateur d'une jeunesse sacrifiée, déchirant le voile fragile de la tendresse, et Chowarit, requin, maître dans le crépuscule évanescent des mains argentées.

Et elle se souvient qu'à sa naissance, sa mère, Kannika, mâchant une chique de bétal, a éclaté de rire. Plus tard, elle explique :

— Dans nos traditions, quand la personne vient de l'enfer, la mère crie, quand elle vient du ciel, la mère rit, quand elle vient de la terre, la mère oublie.

Mektoub avant l'écrit. Koï n'avait pas à enlacer les pieds du père, de l'amant ou du mari en signe d'humilité et de respect. Les pieds sont les parties du corps les plus méprisées. Elle s'est ceinte du pan blanc qui équilibre sa poitrine en diagonale. Elle avance, limpide comme un songe impensable.

Koï rappelle à son entourage que son devenir transparent coule comme la cire des chandelles de son cœur. Par cette clarté qui met en relief son amour, elle sait que son existence va être comblée pendant le dernier jour de voyage. Ainsi, l'attente calme, voulue par son esprit en friche, va se faire couronner jasmin de la chance, chair palpitante de vérité, corps de mots qui se rappelle tout, Bouddha à la mémoire parfaite. Elle sera voix faisant ressusciter les morts, incarnation vivante dans la temporalité du verbe, digne sincérité d'une identité sans mensonges, ordre nouveau dans le travesti des valeurs traditionnelles, horizon qui perpétue à l'infini l'ineffable karman de soi dans les bras de soi, sans la moindre duperie de l'esprit ni la moindre dérision du pouvoir.

La flamme qui luit dans Koï thaï, laissant l'empreinte des limites sur sa peau, incite d'autres flammes à luire, comme ces reflets de verre donnant l'impression que les arbres et les êtres traversent carrément la vitre.

À contre-courant de l'actuel, près du monument de la Victoire ou de la statue du roi Taksin, je ne me souviens plus, Koï entre en transe devant les mendiants assis, les vendeurs souriants, les charlatans qui font de l'esprit. Sans s'agiter ni en verbe ni en cris, Koï fait rayonner par sa démarche la concentration de son énergie invisible. Son corps, seul moyen de transmettre de visu cette unité indissociable, quintessence des émois, n'est pas un miroir déformant ou fidèle, il est mon corps, revers de l'idem.

Koï marche, résurgence éphémère de ses pays extrême-occidentalisés. Elle signale l'absence et moi, de mes mains extrême-orientalisées, je l'accueille, vide infini, dernière matrice où nos ponctuations interactives iront se fondre.

Cette avant-dernière promenade à Bangkok, en quête de nous-mêmes, est émouvante au-delà des mots, parce qu'il y a encore des parties insulaires à explorer, des espaces de richesses, charnelles et textuelles, à découvrir. Les mots sont là, calmes et tranquilles, mais incapables de charrier les cargaisons de nos oraisons amoureuses ou, comme me le dit Pierre, mon frère siamois, rencontré par hasard près de la statue de Rama 1er :

— Tu sais, toutes mes sculptures perdent leur carrière en acquérant mes traits. Tes mots s'impriment dans la chair en sacrifices indélébiles.

À cette déclaration prémonitoire, je vois la statue de Rama tourner de l'œil, et déposer par terre, sous le piédestal, les lettres royales de Phongsawadan qui a pour origine la région d'Ayutthayâ, et celles de Tamnan provenant de Chiang Mai. Ces mythes fondateurs des muangs yon ou yonok prennent leur essor comme des aigles géants passant à côté du soleil couchant pour lui restituer son authentique trésor de beauté.

Je ne tente pas de lire la mer intérieure dans le corps à l'abandon de Koï qui vient troubler mon écriture, comme une révolution à définir sous le bombardement de la ville. Plutôt percevoir le gong d'un mahori pour sonder le timbre lunaire qui dérange le réel brutal des regards désabusés.

Koï émerge dans la certitude d'une supplique scandée. Lèvres contre lèvres nos visages resplendissants miroitent la constante remise en cause du vide autour duquel le *ça* dialogue, concert politique du charnel, mer en paille, mirage du désert.

Koï pousse, printemps à fleur de fête dans la quadrature poétique et charnelle de mon sixième confluent. Ni envahissante comme les pupilles des écritures saintes, ni cloîtrée comme dans un baladeur qui fait swinguer le corps isolé du tintamarre des foules.

Elle est la modeste paume de ma main libérée, complice de sa caresse.

Sa main dans la mienne devient pure tendresse. Nous traversons la rue Siphaya pour nous diriger vers Tha River City, où nous passons quelques heures à nous promener en silence, puis dans l'entre-deux de la cohue. Nous bâtissons sans mot dire ce *ma* de notre actualité, où nos êtres retrouvent la globalité d'un espace-temps marié à nos corps débordant d'un souffle de vie nouvelle.

Cette promenade dans la foule nous permet de faire une pause, de prendre un repos, d'assumer l'absence pour intensifier le décollage du présent et balancer l'exactitude de notre intériorisation retrouvée.

Le changement qui s'est effectué en moi n'est pas du tout dissocié de celui de Koï. Je me sens traversé par un vent violent dans mon corps, comme cette force intérieure qui souffle, sirocco dans mon esprit.

Pierre me tend une lettre arrivée ce matin à notre hôtel et, comme il est curieux, il ajoute :

— Je crois que c'est de Françoise, je reconnais son enveloppe et son écriture. Mais, de qui est cette phrase anonyme au verso, *Détruisez ce dossier après lecture?*

J'ouvre la lettre et je me vide de mes propres mots.

Mon cher Virzombi,

Je t'écris d'un continent lointain qui n'est rien d'autre que le tien. Ici je passe partout sans visa, ni contrôle de police ou de douane. Je suis ravie de voir le prestige de mes aïeux, dans les villes comme dans la brousse. Et là, précisément où l'on t'a agressé et volé... Moi, on me reçoit à bras ouverts. Que veux-tu, un colonisé ne peut pas changer vite de mentalité! Et c'est tant mieux pour nous, Dick et moi.

D'ailleurs, pour t'annoncer tout de suite la bonne nouvelle, nous venons d'adopter un petit Malien qu'on ne verra pas et qu'on laissera sûrement ici. Après tout, il ne faudrait pas déséquilibrer la démographie. On nous a expliqué (à coups de Montaigne et de Pascal) que notre argent n'ira pas à Moumar mais servira à construire des routes et des barrages. Il faut bien civiliser!

Partout où nous allons, des Baba-Banas nous offrent des cadeaux sans jamais rien demander. Quelle hospitalité! J'aime beaucoup ces vents chauds, sirocco et harmattan (quels noms bizarres!) qui vous nettoient les tripes... et je bois tant d'eau sans jamais pisser... ça sort des pores et ça sèche tout de suite. Quel beau moyen de faire travailler le corps. Je t'avoue que ton intellectualisme commence à me taper sur les nerfs, ça me fatigue et ça n'avance à rien... Je préfère le charabia simplet de tes frères. Quelle connivence et quels clins d'œil!

J'ai besoin d'air, de me tremper jusqu'au nombril dans la vie de brousse, de voir ceux qu'on a entraînés à travailler manger avec leurs doigts, les hommes se prélasser et palabrer sous les arbres, à l'ombre de tamariniers ou de baobabs, les femmes cultiver la terre et vendre leurs produits... Et pourquoi parle-t-on de marasme du tiers monde en Occident? Sans doute parce qu'on ne vient dans ces pays qu'en touristes blasés, comme toi qui ne sais pas voir le bout de ton nez. Encore une fois, comme tes frères, jamais vous ne vous en sortirez!

Pourtant nous sommes là pour vous aider. Nous forons, creusons, bêchons, et ce sont les fonds qui manquent le plus. Ne recommence pas à nous dire que nous sommes racistes puisque je t'écris que nous sommes là, sur le terrain, présents avec ces faces d'ébène, ces faces de bronze, nous leur portons nos langues fourrées qui les aident à vivre et à se révolter.

«Nous les avons quand même promenés sur le bout de nos lèvres.» En écrivant cette phrase, j'ai la vague impression que je ne fais que te mimer. Je dois tout de suite changer de ton et de style, sinon je suis perdue!

Où en étais-je? Aujourd'hui, j'ai sacralisé mon rôle d'épouse et de mère. Dick me comble, en bon second époux, sans même me demander ma main. Il est si prévenant, affectueux, attentif, tendre et romantique! Avec lui, je n'oublie pas mon fils laissé en France, mais je l'ai sous les yeux dans ma tête et je le vois travailler son chômage comme un pape qui bénit la foule.

C'est aujourd'hui qu'on nous a amenés à la porte du désert en Land Rover. Quelle beauté, où je me sens reine des dunes de sable... Toi, tu dirais que «je suis la rose de sable qui frappe les esprits»... Eh oui! J'éclate de bonheur, par ma seule présence, comme par une baguette magique, j'ai pu faire jaillir la source du sperme en plein désert! Imagine la joie de ces assoiffés faméliques qui se mettent tous à me serrer dans leurs bras comme une Reine de Saba! Et il n'y a pas que toi qui crées du vital!

Moi aussi je crée... encore faut-il qu'il y ait attente de ta part! Je crée la famille qui envahit les terres. Je procrée quand j'en ai envie. Je trouve chaussures à mes pieds pour me donner le meilleur de moi-même. Je ne suis pas timide quand je veux séduire. Ici tout le monde m'aime.

Et toi, mon pauvre Vir, ma pénitence, mon péché mignon. Réveille-toi, secoue ta léthargie ancestrale. Fais comme moi, occupe ta Thaï comme «une main qui presse le citron» (encore toi et tes images! Pourquoi te faufiles-tu en moi, comme un serpent prêt à perdre sa peau?) Bref. Fais mon jeu, sinon tu disparaîtras comme «ces chauves-souris que la nuit tombante gobe d'un trait». Ma parole! Tu me colles à la peau, mais je sens qu'il y a quelque chose de «sous-jacent» qui t'a changé. J'entends d'ici ta voix qui accroche à chaque mot, coupé et recoupé, enfin je veux quand même te dire spontanément le fond de ma pensée :

Avec toi, je survis. Sans toi, je vis.
Bises.
Françoise

Je ne suis ni agité, ni indigné. Je viens de voir de mes propres yeux la mort, et ma nuit de mots est plus belle que le jour. Je sens le rythme de l'amour pour Koï battre dans mon cœur et dans mes larmes. Si je n'avais pas fait ce voyage intérieur avec Koï thaï, j'aurais perdu le contact avec mon être le plus profond. Je serais passé à côté de la vie. Mais non. Je suis dynamité du dedans. Cet accent de vérité virgulise le silence de Koï qui semble me dire, *à chaque amour nouveau, l'on regagne son innocence.*

CANTO XII

CARNET DU PINCEAU VOLANT

JE ne prends pas le pouvoir de la bouche énigmatique de Virgulius. Celui-ci vient d'atteindre, ces dernières vingt-quatre heures – ce qui lui restait à vivre à Bangkok – le bonheur parfait d'une béance. Un peu de silence l'emporte sur l'aile flamboyante du temps et de l'image proche de l'universalité.

Je ne fais pas un coup d'état dans le cosmos des arts pour perturber un jardin varié et secret, espoir de création et nostalgie de l'être qui veut recréer son unité.

Je reprends quelques attouchements sur ce papier, peut-être pour dissoudre la mort qui est en nous et initier le regard en laissant les traces diagonales, idéogramme d'un moment d'extase, énigmatique épiphanie qui remplit, dans un éclair imprévu, toute une vie.

Taches légères qui éveillent le fantasme. Notre corps, maître en arts martiaux, frôle à peine le parchemin. Une rapide assonance interne insuffle la vie. Des trémolos orientaux font gazouiller la voix dans le soleil dispersé de l'exode.

Aucune arme pour désarçonner la nuit de nos écrits. Seul l'esprit, à intervalles irréguliers, bâtit des châteaux de neige.

Koï invite Virgulius au banquet final, chez ses amis qui tiennent un restaurant cosmogonique où s'agite une jeunesse en mal de vivre, mangeant, hurlant à tue-tête dans une ferveur qui chevauche une musique américaine amplifiée.

En squatters habitués aux baguettes, ils se sont mis à exhumer les prétextes piquants de leurs sujets. La nourriture terrestre leur brûlait la langue, faisant surgir de leurs palais un goût d'argile qu'attisaient les tiges dynamiteuses de riz.

Koï mène Virgulius par la main dans le dédale de ses cahiers de Pandore. N'est-il pas l'enfant royal, le poème qui dévie les dualités pour créer dans l'oblique destin l'harmonique de l'unité?

Dans le désarroi des esprits possédés, dans le sacrifice des chairs condamnées, dans le feu d'artifice de cette nuit pleine de sagesse, Koï va, en lévitation, allumer dans le temple du Bouddha d'émeraude de ce Grand Palais des souvenirs, quelques bâtonnets d'encens, rituel de son art de vivre.

Retour au pays natal dans l'oriflamme du mystère, comme Virgulius dans son jardin se déchiffre à travers l'héraldique du poème.

Jubilatoire dans ses spasmes d'extase, et impunément sur la scène de tant d'histoires, Koï parfume ainsi l'arbre de vie, de notre vie dont le flux et le reflux nervurent le ralliement des mutismes. Ordre de la mer, proche et lointaine, sommée à coups de sang mémoriel parfumé de bois de santal, d'aloès et de camphrier.

J'effleure, telle une plume de paon, la peau de Koï, feuille de muscadier, de cannelle et de patchouli.

Comment remonter ces racines de vétivier dans la crainte obscure et la complicité d'un langage impossible?

Je me souviendrai des sculptures en pâte d'encens dans les sillons de cette rencontre imprévisible. Je sens leur entrée dans le monde, graines d'ambrettes, d'anis, boutons de rose, safran, mauve musquée, styrax, myrrhe. L'être se détend, médite, éprouve la sensualité lascive des jardins orientaux.

Les masques de dragons ou de phénix aux couleurs vives ornent les phallus en fleurs, plaqués contre l'orbite de la croyance.

Des bâtonnets d'encens se consument, parcourent l'espace de leur fumée odorante, limite du bleu et du violet dans l'inconsistance des messages.

Ces bâtonnets ressemblent aux doigts emplâtrés de henné. Le pouce, sous son casque rouge, évoque la joie. L'index en linceul doré jubile sa gloire et son pouvoir. Le majeur dans son manteau vert joue de son ambiguïté. Pour les Chinois, le vert est la longévité, pour les Français, le diabolique, pour les Musulmans, la couleur du sacré. Chacun brandit sa filiation certaine, sauf le petit doigt, citadelle de runes qui fait chatoyer le vent, la pluie, le ciel, les étoiles.

Quand un bâtonnet finit de se consumer, c'est qu'une œuvre d'art disparaît à jamais.

Koï est venue là, en plein centre-ville et au milieu de la nuit, dans cette lande bétonneuse, jeter son tarot pour la dernière fois, afin de signaler aux dieux tutélaires que tous les mets savoureux sentis et à sentir leur ont été offerts.

Transparence de diamant nocturne, Bangkok, myriades d'âmes illuminées, s'écoule dans l'anonymat des sons. Les sourires irradient les visages de paix et de sérénité. Les bâtiments en fête mettent leurs lumières à pleins feux, décorations inattendues, qui refusent de s'éteindre.

À trois heures du matin et pour passer une nuit blanche, le Palais Royal devient une nouvelle géode. L'hôtelier, originaire de Singapour, attribue une chambre de V.I.P. après s'être excusé de l'erreur de ses réceptionnistes qui en avaient choisi une pour Pakistanais :

— Il vous faut a room for Europeans.

Que de tergiversations et de malentendus!

La chambre est démesurément allongée et contient deux lits jumeaux. Ils ont l'air de deux pages blanches géantes, prêtes à accueillir le jour scriptural d'une prise de conscience et de possession par l'âme et le cœur. Livre ouvert à la connaissance par symbole, ce qui va réorienter l'ontologique du côté du transpoétique. Mais j'anticipe, moi, pinceau volant, corps de garde de ce couple de l'impossible.

Nos corps jouent le concert du tréfonds des soleils engrangés. L'esprit sculpte des souffles papillonnants qui deviennent pinceau, bambou calame. Les écarts ouvrent la page du lit où nous comptons enfanter les cris d'adieu. Notre île des temps vacille. Elle frémit sous le feu de notre passion. Aucune discordance n'entrave l'interdit.

L'harmonie dure, s'infuse de partage. Le corps de Koï retrouve, feuille vierge, ses remous intérieurs dans la polyphonie de mes liesses, se creuse et se blottit dans mon paysage auroral. Nous pourfendons le labyrinthe et ses ruptures. Vénus rejoint la terre, comme une sœur dans la famille des planètes bosselées d'amour.

Koï brille plus étincelante dans mon ciel que le soleil et la lune. Illuminée, notre alvéole de miel fait jaillir ses sources d'amour qu'un mystère éreinte parfois. Nous ne serons jamais dans le sillage de la tragédie.

Sourires portuaires, notes musicales accordent nos sentiments. Koï offre sa bouche, baie irisée de présages. Ève jardin, c'est Djezia qui psalmodie le cantique des cantiques. Le premier baiser sourire célèbre nos noces dans l'orchidée. Mon jasmin pudique se met à vibrer au bord des corolles scintillantes.

Koï n'est plus le visage scindé de l'écho.

Ce baiser, nectar océanique de nos lèvres, accouple de sa pure salive le rituel, ses ombres et ses assauts. La glissade dans le suspendu de l'attente redouble le plaisir. Tout orage semble futile.

Nos corps se délacent. Une volupté miroitante mouille les peaux en érection. Suprême alliance jamais entendue par aucune oreille interne. Aucune séduction. Intrépides, les masques tombent. C'est la démesure qui incendie le globe.

Dans nos mains pleines de caresses, les phrases se désarticulent. Féline, l'intrigue zigzague. Nous la tuons à coups de silence. Surgissent des sons de cloches, des sirènes, des alarmes, une guerre des impulsions cabrées de leurs confuses cellules qui font se déchaîner les mémoires. Notre amour a fait main basse sur ce désastre, rien que pour pétrir la terre de nos mains vides.

Quand déferlent les mots, une violence irrécusable démonte la mer.

De même, notre ciel d'amour se tonnerre. Nuages en ossements dressés contre le soleil, l'éclair des appels détourne la force de nos caresses initiales.

Au second mouvement, Koï repose sa joue gauche sur ma poitrine. Elle est effrayée par le battement de mon cœur, ses cheveux se hérissent, puis elle s'habitue au rythme effréné. Sa tête laisse tomber ses branches de saule pleureur. Nous ne serons pas menés au fleuve perturbé des déchiffrements tenaces.

La pluie tambourine sur la vitre. Pendant que les flaques d'eau citrouillent la terre, les larmes de joie exaltent, en même temps, la remontée vers la prodigalité d'une nouvelle prise de seins. Des mamelons gonflés se pourlèchent comme des oiseaux qui chantent après l'orage.

Nos jambes se serpentent en diagonales, en courbes, en nodosités, effleurements inattendus que cymbalent, scintillantes, les émotions.

Orchidées lancinantes, madrépores débridés, jasmins fous, lys échevelés, nous activons le relevé du poivre des œillets. Nos yeux raccordent le flux et le reflux de leur marée aimante. Et quand, joufflues, les caresses se boursouflent de tendresse, des soupirs étranges de velours fusent à notre insu, puis se nichent dans les tourbes spasmodiques des amoureux apaisés.

Koï acquiert un nouveau paysage intérieur.

Elle est submergée par la peur d'elle-même et par les étreintes de Vir qui risque de se laisser emporter dans le velouté des sensations et de briser, en une ellipse, la frontière de l'interdit. Mais l'esprit jubile dans la batterie de leurs cœurs.

Le toucher, la vue, l'ouïe, l'odorat, le goût se répondent. Une tenace certitude contient l'ultime débordement. Nos attouchements sensuels nous font revenir à la splendeur de l'enfance. Le tâtonnement émerge en entrelacs et tatouages dans le sillon des sexes mais n'emporte que la main vide, conque qui se retire sur la berge des vulves.

Les canaux aquatiques disparates hululent. Les mélodies légendaires se disloquent et d'autres stridences, victimes du serpent, rampent dans des rocades de silence entrouvertes sur le néant.

Unique nuit blanche. Les yeux ouverts tout le temps se gavent de ces figurines d'argile sculptées à l'aube de chaque découverte. Le réel quotidien de toute une vie éclaire chacun de nos gestes, telle une fusée interstellaire ne laissant que le sillon nébuleux de la grâce.

Fête des eaux. Koï, ma capitale déplacée sur le fleuve. Chao Phraya, Saint-Laurent, Seine, Rhône, Rhin, Mississippi, Congo, Medjerda, Mékong, Nil, Jourdain, Tage, Vistule, Danube, Tibre, Loire, Euphrate, Gange, Indus, Missouri, Niger, Sénégal, Bahr El Arab.

Les veines battent le cœur du poème. La forge souffle, irrégulière, pour attiser l'incendie que seule une eau annonciatrice calme. Cette eau génératrice, ma laboureuse, mon éveillée, draine son sel en statue d'alphabets, corset oscillateur de nos émois, séditieuse passion où renaît la nature. Koï femme cité interfluviale, ta toison d'ébène s'étire en parcelles d'univers irriguées par nos inflexions tourbillonnantes.

Grondement souterrain du désir, j'entends tes pas d'éléphant qui arpentent la pesanteur, aveu de l'éternel de l'autre côté du temps, notre espace ouvert, et une petite tzâabina pour aiguiser l'effleurement du bonheur. L'imprévu se met à pianoter ses phrases. Koï ne comprend pas le poétique; le sacre des caresses se violoncelle. Et l'harmonie prémunie d'inanité temporise sa technique.

J'élis domicile à contre-courant de ses visages, l'actuel et le rêve, vigile énigmatique de mes fluides langagiers. Sommes-nous trahis par les cascades de voix et les chutes de l'incompris ou de l'oubli? La candeur barbaresque sacrifie la chorale de ses gouttières. Mon chœur antique resurgira après le point. La rosée se greffe rosée dans les réseaux artériels, bouture qui colore de nouveau le fruit. Un vin neuf laisse sur le cristal de belles jambes et de sensuelles cuisses. Mise à nu, source chute du Niagara, écran géant de blancheur où se posent nos ébats. Vapeur, buée, brume, brouillard émigrent après l'enjambement, cursives contrées où Babel ne pourra sculpter que des percées en arc-en-ciel de l'avenir.

Ainsi naît la ville texte, aux confluents des salives, dans l'interstice des langues, ville ambulante qui sort des nimbes et étonne. Femme cité où s'arriment nos voiliers, imagine ces regards comme des navires chargés des fruits de nos entrailles et que personne ne peut nommer, articule, mer diffuse, les estuaires qui berceront le fleuve à l'embouchure d'un pubis, bosquet couvert de la bravoure des mots.

Mais l'habitude surgit. Épine dorsale qui sert d'alibi aux rythmes flûtés de nos ancêtres miaulements, tintements de cloches, cloches nuptiales ou tocsin? Qui repart où et quand? Par quel moyen? pour quel échange, héraldique éclatement, complicité spéculative des quêtes dans le labyrinthe des eaux? Irrégulier, le fond sonore refuse de décider du lieu-dit. Les rails de la vivance originale ne se joindront jamais. J'idéogramme quelques pistes, tranches d'orange mises côte à côte. Je brouille ces lamelles juteuses. Elles perdent leur superposé.

Dans le cercle multifruital des flots tourbillonne le fil d'Ariane que Koï thaï vient juste de tirer.

Micropassant dans cette jubilation d'ondes amoureuses supersonique, Koï vient de créer en face de nous, et *in vitro,* un Virgulius sorti de ses entrailles silencieuses. Vir capte, dans cette naissance autre, une vie prise par la main, ou plutôt une vie prise par le petit doigt au couchant d'un siècle mourant et à l'aube d'un siècle levant. Vir, étant sculpté dans l'alphabet gaulois, tes ajours n'ont de cesse qu'ils ne parlent. Ton silence, Koï, a donné naissance à ce Vir, pierre angulaire de son dire.

Koï n'a pas enlevé le masque de cire pour nous montrer le visage ciselé de sa fécondité. Elle a toujours été beauté, soufflant sur l'imaginaire, au coin de l'eau matricielle qui fait la variété de ses quêtes nourricières et les voyages de ses pensées.

Vir, maître-nageur hors des mers, dans le fleuve de la vie, l'échographie violette de l'orchidée, la

blancheur muette du jasmin et des feuilles du lys,
dans la vapeur parlante de la rosée, dans le silence
vocifère.

Quand on aime, il faut fuir pour ne pas mourir.
Vivre cet amour comme une virgule, le temps unique
d'une pause sans poser de limite aux cœurs qui
s'enlacent.

CANTO XIII

JOURNAL DU BAMBOU

APRÈS s'être rafraîchie, avoir changé de toilette et rassuré sa mère pour cette nuit d'absence, Koï emmène Vir et son frère siamois déjeuner en plein centre, près de River City. À la suite du crabe grillé au feu de bois de la veille, ils commandent des hamburgers, pour se retremper dans l'ambiance états-unienne. Pierre, qui prêche le faux pour savoir le vrai, se met à lire l'avenir de Koï dans sa paume docilement tendue.

— Je vois des éléphants dorés qui se dirigent vers le temple. Je sens l'encens des jours de fête. Tu vas bientôt te marier, mais pas avec un étranger. Tu seras riche. Je vois un mari diplomate qui ressemble à un bonze. Vous aurez des enfants, mais je ne saurais dire combien.

Pierre s'attend à une réponse, à une réaction de Koï; mais rien. Toujours le même sourire et le silence.

Ne pouvant rien arracher à sa proie, tout ouïe, il se met à esquisser des croquis pour ses sculptures futures. Des éléphants ultra-kitch à la manière de Flanagan, l'Anglais. Il y avait toujours cet éléphant blanc qui l'intriguait. Pourquoi blanc? Et pourquoi s'était-il arrêté au lieu-dit? Deux questions qui le hanteront jusqu'à la fin de ses jours. Puis des ondulations des reins, des arrondis et des pointus, des seins, surgissent à leur tour de son stylo bleu qui étale la virtuosité de ses traits, comme les courbes du serpent sous l'effet d'un charmeur habile. Pierre créait là, devant Koï, le souvenir de son *Alice au pays des merveilles*, la rupture d'une lunaison parfaite, effrayante par ses prouesses, que balafre l'évidence d'une nostalgie révolue.

Un monde vient de mourir, comme cet ascétisme du moment. Pierre croquait des œufs et des poissons en chocolat et il avait l'air de sonner des cloches de Pâques!

En sortant de River City, ils s'inclinent devant une Maison des Esprits en miniature qui occupe tout un pan de square. La demeure divine est ornée de fleurs, entourée de cierges et de bâtonnets d'encens. Dans la rue, des pétards et des feux de Bengale, des décorations en fleur de lotus, un éléphant à trois têtes. Comme les prières accompagnaient les lamentations, il y eut ces trois jets de suppliques, jaillis d'une caverne d'anachorète.

Oh! Tewada aux neuf esprits gardiens, veille sur les dépouilles de nos désirs terrestres.

Oh! Karman, anime notre patisandhicit et son essor pour que nos étoiles multicolores couronnent les monts.

Oh! Phi, escorte nos passions éléphantesques, motrices des nouvelles cosmologies.

Tandis que Pierre s'en va goûter les derniers délices d'un massage thaïlandais, Vir et Koï font une ultime virée sur le fleuve, qui durera jusqu'à la tombée du jour.

La peau luisante de l'eau se confond, ou plutôt se dissout, dans l'horizon indigo. Un tremblotement qui donne des frissons aux tubes de néon myriadés de couleurs vives, triomphantes, abolissant la pauvreté métamorphosée, comme par une baguette magique, en riche luminosité. Ici, tout verse dans l'éclat du grandiose lumineux.

Ce paysage de rêve est traversé d'innombrables barquettes, gondoles et autres bateaux. Ils font la navette dans un bruit infernal, et se délestent des passagers sur des embarcadères qui ballottent leurs cargaisons, comme Athéna, déesse ingénieuse, fit sortir des armées du clavier pensant de son père.

Surdose de nouvelles images qui représentent leurs propres scénographies du progrès de l'humanité.

Nous sommes là dans le chaos de la jouissance, le big bang de tous les créateurs.

CANTO XIV

TRANSE DES DOIGTS
Mahori du fleuve à cinq variations

NÉBULOSITÉ du pouce.
Waï. Sawasdee. Ils viennent de naître dans leur belle étrangeté qui fait du pouce leur authenticité.

Rencontre fortuite dans la litière du parcours. Elle, purs sourire et silence. Lui, orchestre la cadence intarissable d'un siècle nouveau. Elle, l'enfant dans les eaux de la patience. Lui, court comme un fou dans son ventre, vaisseau des ondes lointaines.

Leur ville multiraciale flotte, estuaire morcelé créant des figures de proue. Les terres se feuillettent comme le flamboiement automnal de l'érable et des peupliers. Les esprits s'incendient, aube des migrants sortis de leur asile multivulve. Déjà radicale, la révolution de cette main fermée comme un lotus vert souffle l'amour du midi.

Ils sont mélopée de l'anamnèse, nés de l'absence de l'autre, désirs d'un drame allégorique, visages du nouveau clavier du crédible.

Lui, silencieux, tourne trois fois sa langue avant de pouvoir mosaïquer son oralité.

Le convoyeur de bateaux sourit, complice. Il signale de son pouce relevé : «Bravo pour la conquête! quel beau choix! Quelle victoire!»

D'autres visages crachent le mépris pour cette compagnie d'amours enfantines prises pour argent, putanerie – le mot ne sera jamais prononcé mais sculpté dans les regards.

Nous vivons l'écart dans l'innocence du fleuve, soumis aux fugues de nos dilutions.

Accoudés aux parapets de notre inoffensive jouvence, nous mettons les décombres de l'exil derrière les mauvaises langues.

Galaxie index

On nous montre du doigt. L'amour nous traverse de ses sentiers bigarrés et fait de nous deux l'unique retour à la flamme qui se réverbère dans l'eau des fleuves. Le côté mâle en elle, le côté femelle en lui, couple de chair ardente qui s'unit.

Ils se sentent tous les deux chez eux, dans leur terre inventée. Le cordon ombilical n'est pas coupé.

Il panse la cicatrice du nouveau sentier.

Lui l'ensemence de sa graphie illimitée, fruit de ses entrailles.

Elle l'inonde de son soleil sourire sans muraille, le berce de sa fougère arborescente.

Et, de leur belle plume, ils retracent les parcours somptueux et féroces. L'énigme sacrée qui susurre son absurde comme une fée.

Libres d'être, sillons ouverts, boutures, rafales de silence et de croissance dans le brouillard des temps.

Un vertige intime dans le monde des mots progresse, silence après silence, quête après quête, question après question, pointe unidirectionnelle, dépaysement alchimique, ciel constellé de la chair sans lourdeur de péché, volonté de percer le vide dans le mot, les miroirs qui salissent l'amour.

Une fois dit, notre amour ne nous appartient plus, comme le livre jeté bouteille à la mer se délivre de l'emprise de son auteur.

Ce livre de ma khamsa ouverte sur l'univers, n'est pas un secret. Il contient l'impossible, les reflets de nos temps forts, de notre actuel fait et refait dans les avancées de nos extrêmes autres.

Sa main n'est point faite pour perdre mais pour trouver, main mise à l'index par l'entabacquée qui veut crier son amour sur tous les toits, index qui égrène comme un chapelet les voies lactées des émois, apanage d'un univers en expansion.

Brouille des armures et des rôles, les criquets voyellent les blessures, cette difficulté d'être soi avec et sans soi.

Elle erre, caresses maîtresses de nos corps à l'aube des seuils jouissifs. Lui, versant vivant, s'indexe dans l'oursin moiteux. Son étoile.

Entre pouce et index, elle dit :

— Je n'oublierai jamais your excellent teach of touch.

Elle dessine trois petits cœurs qui se suivent en pas de danse et ajoute :

— A kiss is still in my mind, that you have left me.

Il recueille l'offrande mystérieuse pour y consteller la galaxie des esprits et émerge, archiviste des consciences des peuples migrateurs.

Astéroïde majeur

L'héritage lucide du renouveau se sculpte dans l'opaque des sources effarouchées.

Ici, il ne pleut pas des dollars verts et luisants, mais des graines volantes, des pinceaux astéroïdes, des perles de rosée qui donnent à chacune, à chacun, sa chance d'incandescence.

Qui veut traverser le flux du fleuve et le sentier de la forêt? Toutes les résonances dans le vent dansent le blues à la pointe révulsée.

Les corps alphabets se lisent mieux sur écran privé, et tout le monde pianote ses gueules de loup, enjeu suprême, sans cesse exacerbé.

Au bout du fil, l'informatique chez soi fait fantasmer, majeur de doléance et de renaissance, tel Samsara qui n'est aujourd'hui que la radiographie de l'univers du compris. Quelle fusée lancée du fond des âges éclaire peu ou prou le fleuron du langage?

Elle gigote en moi pour m'expliquer à moi-même, lui spirale en elle pour nous éveiller en nous-mêmes.

Le majeur force le passage pour répondre à cet appel de silence, à cet appel de meurtre dans le vertige des mots.

Les compatriotes se disent de souche pour détourner l'étranger. L'étranger fabricant de rêve, papier synthèse initiatique. Orchidée dévoreuse du moindre bras de terre.

Terre annulaire

Nos racines migratoires fendent l'écorce terrestre. Stupeur et désarroi devant le tombeau vide.

Quel blasphème! Que reprennent dans la transe les derviches tourneurs?

De toutes les saisons de foi, les Érinyes furieuses appellent au meurtre de ceux qui ont trahi l'entame de l'origine. Quelle bouffonnerie collective! La trahison n'est que dans les esprits enturbannés de pleines bêtises, dans les corps casqués de mièvres béatitudes.

Elle *émoi* avons choisi les fulgurances de nos interstices transcontinentaux, ce vide aux ossements de poussière de nos ancêtres, notre matière prégnante de fortitude.

L'annulaire est presque à la hauteur du majeur. Je suis tombé amoureux de ce presque, ce manque, ma belle femme cité.

Elle, ma khamsa rayonnante autour du cou, main tantrique, comme l'étoile jaune de l'esprit, maazouza à la porte de notre métèquerie. Toutes ces terres annulées pour se retourner vers celui qui dit sa ferveur et sa fureur de vie aujourd'hui. Vers ma carte d'identité plantée dans mon cœur qui ne renie aucune nourriture terrestre. Mon héritage de vérité s'enroule dans notre soif d'être. Dire l'extase dans l'espace ouvert du dépouillement qu'illumine l'intérieur de notre mal d'aimer. Un nouveau cornac fait chanter l'éléphant blanc, bivouaquant plus tard dans la nuit incandescente. Énigme seule à soulager notre mal de vivre, cette terre tangue où nous apprenons la mort pour l'accepter au moment où l'enfant naît, touchant ce territoire pris par l'écrit, objet de désir.

L'enfant est les parents du couple, car la mémoire empêche la maternité. Sur l'annulaire, une diva révolutionnaire réoriente les cœurs et les débats

des droits de la femme et du singe citoyen. Cette
diva de l'union ne dira pas le nom de la Rose : «Pars
mon fils, je ne veux point t'annuler. Nul ne peut con-
cevoir sans avoir goûté la mort. »

Elle :

— Je ne dirai pas à la police de t'arrêter à la
frontière. Je suis toujours avec toi. Je suis ton petit
doigt. I don't fly to Paris.

Mer auriculaire

Oracle du don, ce petit doigt, seul scribe à pénétrer dans l'oreille pour lui insuffler la parole auriculaire qui ne mutile pas de son amour. Lui ne
revendique aucun droit puisqu'ils sont tous deux à
posséder le petit doigt et la virgule. La traversée au
bord du fleuve débouche sur une mer d'émeraude,
leur donne tout de suite envie de plonger.

Et ils plongent dans cette eau claire qui teinte
leurs corps à leur insu par sa densité, du vert au
bleu foncé, au bronzé, au noir. Et ils nagent sensuellement le temps d'un souffle retenu jusqu'à la
porte de la mort, s'égarant ainsi dans ses résonances
qui ceinturent la vie, et émergent pour respirer de
nouveau.

Lovés, ils viennent de vivre leur passion. C'est le
jour de pleine lune, le douzième mois du calendrier
lunaire. La ville, comme ces doigts bagués d'yeux,
est en fête. Le ciel bleuâtre se fond dans la mer
rosâtre au coucher du soleil.

Cette fusion de couleurs lumineuses et variées
de l'arc-en-ciel rappelle une assemblée bigarrée de
gens réunis ce jour-là pour célébrer le Bai Sri, ou la

fête qui honore l'arrivée ou le départ d'un invité de marque.

Des embarcadères, et des coques de chaloupes ou de barquettes dorées, des reaham yaos, la foule acclame ce couple revenant de la mer. Il vient d'éteindre, par sa plongée, le manque qui lui taraudait le cœur et l'esprit.

Rentrés dans leur mémoire, quelques spectateurs griffent, comme des chiens de mer, cette lunaison qui fait ruisseler leurs corps à la dérive d'un premier chapitre d'amour qu'ils ne vivront pas.

Le fabulosier :

— Mais c'est une parenthèse dans une vie de prostituée! La Virgule n'a fait que prendre un congé fantastique, une pause qui détourne parfois son flux érotique.

L 'entabacquée :

— Et lui, il a des comptes à régler avec l'amour. Il ferait mieux de flotter à l'encre de ses pères les Gaulois!

Le pierreur :

— Quelle épopée dans la chair de jouvence! Moi, je l'aurais marbrée, ou boisée, telle l'existence cyrillique sur des masques africains. Après tout, n'a-t-il pas le teint basané? Et son ancre ne se lève-t-elle pas un seul jour, comme un minaret?

Des bonzes :

— Ils auraient mieux fait d'entrer dans les ordres et de se consacrer à toutes les fois, peut-être créeront-ils une foi nouvelle?

Le Bouddha :

— Ce sont des illuminés, des éveillés qui ont goûté la chair, comme moi. Leur arrivée et leur départ vont inquiéter les grandes et les petites nefs des émois. Que leurs mains, comme leurs âmes, soient corolles de nirvana.

Spontex, l'éponge, celle qui nettoie les vitres des vaporeurs et des vaporeuses :

— Moi, j'ai compris cet amour inouï vécu dans une plongée et qui laisse une seule trace sur la mer, calme ou houleuse : avoir conjuré dans l'inconscient l'obscur désir de naître et de mourir.

Et l'on continue de commenter les clips de ce scénario, féerie vécue, surgie du pluriel écartelé des terres et des déambulations séditieuses de voyageurs morts et vivants.

De retour à River City, elle lui offre une orchidée. Amulette ou trophée? Et puis disparaît. Il plaque cette conque souvenir à son oreille gauche.

Des flux familiers se mettent à couler comme des créatures de proue dans les ventricules de son cœur, les lobules de ses poumons, ses alvéoles, ses arbres bronchiques et autres plantes. Cette traversée des profondeurs rappelle la souris, le clavier ou la brillance qui se déplace sur l'écran pour incuber des mythes emmagasinés, rituels dans les banques de données.

Revanche électronique qui s'est fait trop longtemps bouder! Navigation irrécusable en haute mer, amour absolu, pur, inaltérable, sans retrouvailles du doute préconçu.

Amour des couleurs printanières qui a goût d'épouse, d'amante, de sœur, de mère, de tante et de grand-mère. Tous ces arcs cellulaires fragiles de l'océan des âges embrasés en oriflammes Koï thaï.

Lunaison immensément croisée.

Regards libres dans l'ordre des mers. Les foules migrantes de nulle part transfigurent tout, puis virgulisent de leurs paquebots démâtés, de leurs noms en mouettes alambiquées, de leurs fantasmes surannés d'Occidentaux, et de leurs querelles incestueuses de tiersmondistes. Tous ces visages de femme cité, auriculaire, étoile filante du berger prédisent l'aube d'une cosmogonie destinée à naître dans les sourires énigmatiques de Koï thaï.

Le pouce et l'index s'arrondissent, se frôlent, s'embrassent, zéro heure! Les trois autres doigts prennent de l'aile, l'avion décolle.

Dans la collection
Romans

- Jean-Louis Grosmaire, **Un clown en hiver,** 1988, 176 pages. Prix littéraire **LeDroit,** 1989.

- Yvonne Bouchard, **Les migrations de Marie-Jo,** 1991, 196 pages.

- Jean-Louis Grosmaire. **Paris-Québec,** 1992, 236 pages, série « Jeunesse », no 2. Prix littéraire **LeDroit,** 1993.

- Jean-Louis Grosmaire, **Rendez-vous à Hong Kong,** 1993, 276 pages.

- Jean-Louis Grosmaire, **Les chiens de Cahuita,** 1994, 240 pages.

- Hédi Bouraoui, **Bangkok blues,** 1994, 166 pages.

Du même auteur

Poésie

- **Musocktail,** Tower Publications, Chicago, 1966.
- **Tremblé,** Éditions Saint-Germain-des-Prés, Paris, 1969.
- **Éclate Module,** Éditions Cosmos, Montréal, 1972.
- **Vésuviade,** Éditions Saint-Germain-des-Prés, Paris, 1976.
- **Sans Frontières - Without Boundaries, Francité,** Collection bilingue, Saint-Louis, 1979.
- **Haïtuvois** suivi de **Antillades,** Éditions Nouvelle Optique, Montréal, 1980.
- **Tales of Heritage I,** Upstairs Gallery, Toronto, 1981.
- **Vers et l'Envers,** ECW Press, Toronto, 1982.
- **Ignescent,** Éditions Silex, Paris, 1982.
- **Tales of Heritage II,** University of Toronto Press, Toronto, 1986.
- **Echosmos,** Mosaïc Press et Canadian Society for the Comparative Study of Civilizations, Toronto, 1986.
- **Reflet pluriel,** Les Presses universitaires de Bordeaux, Bordeaux, 1986.
- **Émergent les branches,** Livre Bibliophile, Varna, 1986.
- **Zemna Daga,** traduction de français en bulgare, Nerodna Cultura, Sofia, 1987.
- **Poésies** (Anthologie personnelle), Association Tunisie-France, Sfax, Tunisie, 1991.
- **Arc-en-Terre,** Les Éditions Albion Press, Toronto, 1991.
- **Émigressence. Poésie,** Les Éditions du Vermillon, Ottawa, 1992.

Roman

- **L'Icônaison,** Éditions Naaman, Sherbrooke, 1985.

Drame poétique

- **Immensément Croisés,** Éditions Saint-Germain-des-Prés, Paris, 1969.

Nouvelles

- « Seul », **Contreciel, M** 1404, septembre 1984.
- « Fondus-Enchaînés», **Nouvel art du français,** Paris, mai 1990.
- « Diapason de rêve au Lot », **Nouvel Art du Français,** Paris, mai 1990.
- « Au nom de la Mer », **Indigo,** Toronto, 1991.

Essais

- **Créaculture I,** CCD, Philadelphie et Didier-Canada, Montréal, 1971.
- **Créaculture II,** CCD, Philadelphie et Didier-Canada. Montréal, 1971.
- **Structure intentionnelle du « Grand Meaulnes » : vers le poème romancé,** Librairie Nizet, Paris, 1976.
- **The Canadian Alternative,** sous la direction de H. Bouraoui, ECW Press, Toronto, 1980.
- **The Critical Strategy,** ECW Press, Toronto, 1983.
- **Robert Champigny : poète et philosophe,** sous la direction de H. Bouraoui, Slatkine, Genève, et Champion, Paris, 1987.

Anthologie

- **Écriture franco-ontarienne d'aujourd'hui,** sous la direction de H. Bouraoui et J. Flamand, Les Éditions du Vermillon, Ottawa, 1989.

Traductions

- Jean-Henri Bondu, **Sables des Quatre Saisons,** Collection Émergences, Angers, 1989 (de français en anglais).
- Wole Soyinka, « Idanre » et « Ogun Abibiman », **Nouvel Art du français,** Paris, 1990 (d'anglais en français).

Texte d'apprentissage de la langue

- **Parole et action,** CCD, Philadelphie et Didier-Canada, Montréal, 1971.

À paraître

- **Transvivance,** Poésie, avec vingt dessins de G. Sendrey, Éditions Hervé Aussant, Rennes.

Table des matières

Les Éditions du Vermillon
305, rue Saint-Patrick
Ottawa (Ontario) K1N 5K4
Téléphone : (613) 241-4032
Télécopieur : (613) 241-3109

Distributeur :
Québec Livres
2185, Autoroute des Laurentides
Laval (Québec)
H7S 1Z6
Téléphone : 1 800 251-1210 et (514) 687-1210
Télécopieur : (514) 687-1331

Ce livre est le cent quatrième
publié par les Éditions du Vermillon.

Composition
en Bookman, corps onze sur quinze
et mise en page
Atelier graphique du Vermillon
Ottawa (Ontario)
Films de couverture
Sotek Graphics
Gloucester (Ontario)
Impression et reliure
Les Ateliers Graphiques Marc Veilleux Inc.
Cap-Saint-Ignace (Québec)
Achevé d'imprimer
en septembre mil neuf cent quatre-vingt-quatorze
sur les presses des
Ateliers Graphiques Marc Veilleux Inc.
pour les Éditions du Vermillon

ISBN 1-895873-08-8
Imprimé au Canada